文學任意門

輕鬆遍覽外文系教授嚴選世界文學

陳蒼多 著

自序

近年來，我讀點洋書，因爲英文是我的本行，也行點洋路，但並不是崇洋，因爲旅行方面，我想要先洋而後土。總之，我想把幾年來所寫的文章集結爲一本「讀點洋書，行點洋路」的作品，不敢奢望「讀萬卷書，行萬里路」。

但是這本《文學任意門—輕鬆遍覽世界文學》則算是我在「讀點洋書」之餘所經營的後花園。

大約十年前，《國語日報》的主編邀我寫專欄。當時我在學校開了一門通識課程「一生的讀書計劃」，用的是費迪曼（Clifton Fadiman）的《一生的讀書計劃》這本書。這個課和這本書給了我很多啓發和靈感，所以就以此書爲藍本，替《國語日報》寫了二十六篇，另外再追加三篇成爲本書。

世界文學有如無數百花爭放的田野，我只取其中較醒目的二十九朵，希望能夠拋磚引玉，激發更多雅愛文學的人士縱身更廣闊的園地之中，品味美好的人生。

感謝國語日報王秀蘭小姐提供很多不錯的標題，也感謝五南出版社編輯們的用心。

陳蒼多

二〇一五年七月四日

Contents

蒙田與《蒙田散文集》

蒙田

（1533年2月28日—1592年9月13日）

文藝復興時期法國代表作家，以《隨筆記》留名後世。《隨筆記》一書在西方文學史上亦具有重要的地位。蒙田爲家中長子，小時後由只會說拉丁語的老師教導，所以他以拉丁文爲母語。蒙田思想分爲三個階段，其中「懷疑主義危機」的思想對《蒙田散文集》具有相當的影響力。

記得五十年前讀中學時，就有薄薄的《蒙田散文集》譯本流行。其實蒙田的散文已經流傳了四個世紀之久，想必有其意義在。

蒙田（Michel Eyguem de Montaigne, 1533-1592）出身法國優秀商人家庭，家境不錯，父親自小請家教教他拉丁文，每天早晨都用音樂喚醒他（其實就是今日收音機鬧鐘的前身）。三十八歲後，他就在自家莊園中過著半退隱的生活。「蒙田」這個譯名倒是透露出「退隱田園」的意味。

在遊歷了瑞士、德國和義大利之後（據說是爲了治療膽結石），他擔任了法國波爾多市兩任的市長。後來瘟疫流行，他和家人避難到鄉下，曾把這段經驗寫進他的《散文集》之中。

提到蒙田，我們只想到他的作品《散文集》，好像他是一位「一書作家」，其實他的《散文集》可謂卷帙浩繁，一共

一百零七篇，每篇約數千言，分成三卷，分別代表他思想的三個階段：「斯多噶時期」（即禁欲思想時期）、「懷疑主義危機」和「伊比鳩魯時期」（即享樂主義時期）。《蒙田散文集》中有一篇篇幅較長的〈爲雷蒙．色彭辯護〉，就是爲自己的懷疑精神辯護，不過他的懷疑主義並不具憤世嫉俗或否定的意涵。

蒙田的爲人風格有其天生魅力，單純不做作，表現在作品中也是如此，不會爲了取悅大衆而潤飾筆下人物，即是所謂的「自然就是美」。

蒙田的作品都是長期思考的結晶，因此也反映寫作當時所關心的問題。《蒙田散文集》的內容包羅萬象，按照順序，信手拈來有〈談遊手好閒〉、〈談說謊〉、〈談孩童的教育〉、

〈談行爲的前後不一〉、〈談父愛〉、〈談書〉、〈談怪童〉、〈談父親與孩子的相像〉（看來他還滿喜歡「父」、「子」方面的話題），以及〈談虛榮心〉、〈談經驗〉等。第三卷有一篇〈談跛子〉，涉及男女生理，妙趣橫生。又在同卷另一篇散文中提到：「我不知道哪一位古人希望擁有長如鶴鳥的喉嚨，這樣在吞嚥食物時，品嚐美食的時間就會比較長。」（眞的嗎？）

美國著名散文家、哲學家愛默森（1803-1882）曾在作品中提到《蒙田散文集》，說道：「剖開這些文字，就會有血流出來，那是有血管的生命體。」德國哲學家尼采（1844-1900）在談到蒙田時更說：「由於這樣一個人的作品，世人對生活的熱情大大提高了。」

果眞這麼神奇嗎？也許抽空讀一讀商務印書館出版的三卷《蒙田散文集》中譯本，就可以見眞章了。

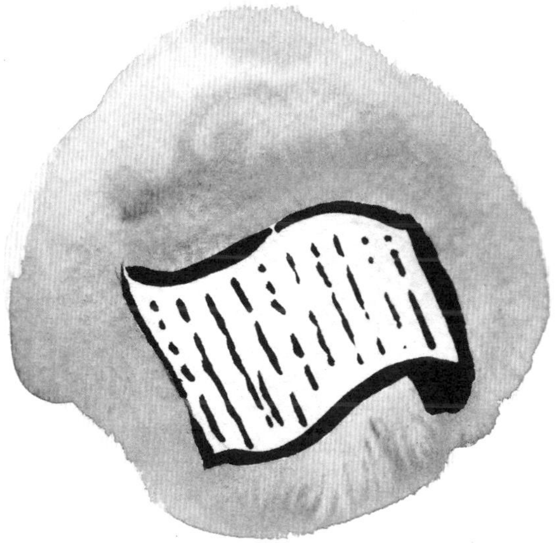

賽萬提斯與《唐吉訶德》

賽萬提斯

（1547年9月29—1616年4月23）

西班牙小説家、劇作家、詩人，著名作品爲《唐吉訶德》，此部作品亦被改編爲歌劇，在世界各地巡迴演出。賽萬提斯在文學創作上，日已繼夜的努力創作，除了《唐吉訶德》外，還有其他長詩《帕爾納索斯山之旅》及《訓誡小説集》等其他文學著作。

提起賽萬提斯（Miguel de Cervantes Saavedra, 1547-1616），也許大家比較陌生，但一聽到《唐吉訶德》，很多人一定耳熟能詳。雖然賽萬提斯還寫過田園小說《白藍棉布》和小說集《示範小說》，但事實上，賽萬提斯幾乎跟《唐吉訶德》這部作品畫上等號。賽萬提斯的這部作品對西班牙影響巨大，由西班牙語時常被稱之爲「賽萬提斯的語言」可見一斑。

賽萬提斯的早年生活不大爲人所知，只知道他在一五六九年曾從西班牙移居義大利，服侍一位富有的神父，後來入伍成爲西班牙步兵，一五七五年曾被阿爾及利亞海盜俘虜，一五九七年因爲當稅務官，帳目不清而鋃鐺入獄。一六〇七年定居馬德里，一六一六年去世。據說賽萬提斯從小就很喜歡讀書，在路上看到有人丟下紙片，只要上面寫有文字，就會撿起來閱讀，可說自小與文字結下不解之緣。

《唐吉訶德》分兩部分出版，相隔十年之久，賽萬提斯的寫作才華也出現了變化，第二部比第一部精彩。這部作品內容，是描述一個在窮鄉僻壤的鄉下人拉・曼丘，平日熱衷於閱讀有關騎士的故事，把書中荒唐無稽的情節，視為歷史事實，認為中世紀的騎士俠義精神可以在十七世紀重現。為了實現這種騎士精神，他穿上甲冑，自封為「騎士唐吉訶德」，又說服鄰居潘沙當他的隨從，騎著一匹瘦馬出發了。

他在途中把旅館當城堡，把風車視為巨人，要與它們作戰；又把一群罪犯當成暴政的犧牲品，要為他們主持正義，結果他被村中的神父與理髮師合力逮捕關進監獄，後來又被關進獸欄中。這是第一部分的主要內容。

第二部分的主要情節，則是以一對公爵夫婦對唐吉訶德的愚弄為中心，最令人捧腹的是隨從潘沙就任總督的故事，其他還有〈獅子的冒險〉和〈魔術船的冒險〉等故事。最後，唐吉訶德與「月亮騎士」決鬥失利，結束旅程，回到故鄉，大病一場後從幻覺中驚醒，恢復原來的自我，不久就去世了。

賽萬提斯寫這部作品的目的何在？是意在嘲諷騎士精神，還是以如椽之筆爲騎士精神請命？是在諷刺夢想家，還是爲夢想辯護？每人有自己的解讀方式，這也是這部作品的豐富、多樣之處。但有一點是可以肯定的：唐吉訶德所投進的世界，就像我們自己的世界一樣，是不公正的。我們這個世界需要像唐吉訶德這樣一個「神聖的愚人」，來嚴肅看待這個世界的罪惡。

《唐吉訶德》是一部超幽默的小說，據說，西班牙國王菲立普三世有一次看到一個人在路邊看書，笑得淚流雙頰，於是說：「此人不是瘋了，就是在讀《唐吉訶德》。」

《唐吉訶德》篇幅很長，沒有耐性的人可以讀節譯本，至今為止，中譯本多達一、二十種。如要讀全譯本，可選楊絳女士直接譯自西班牙文的上下兩冊中文本。總之，不要錯過這部號稱「第一部現代小說」的傑作。

最著名的劇作家★莎士比亞

莎士比亞

（1564年4月23日—1616年5月3日）

被人尊稱爲莎翁，是英國史上最傑出的戲劇家、文學家之一。莎士比亞最著名的代表作分別爲四大悲劇《馬克白》、《李爾王》、《奧塞羅》、《哈姆雷特》及四大喜劇《仲夏夜之夢》、《威尼斯商人》、《第十二夜》、《皆大歡喜》等。莎翁一生傳奇豐富，正因如此，他才能創作出永垂不朽的經典劇作。

莎士比亞（William Shakespeare, 1564-1616）這個名字對喜好文學的人來說是非常熟悉的了，但有些人，尤其是小朋友，不見得對他熟悉。

英國人非常以莎士比亞爲傲，曾說「寧願失去印度，也不願失去莎士比亞。」這也難怪，莎士比亞可說是舉世聞名的作家，他的作品被拍成電影就超過四百部。在義大利的維諾納，就有一處莎士比亞的劇中人物，茱麗葉的故居。不過那只是義大利人吸引觀光客的噱頭，實際上羅密歐與茱麗葉這兩位莎劇人物並不眞正存在，但這也可以看出莎士比亞出名的程度，連義大利人也想從他身上賺點錢。

當然，莎士比亞的作品也並非無懈可擊，大文豪托爾斯泰就批評莎士比亞膚淺；另一位大文豪蕭伯納則把他歸入「流行作家」之流；美國作家費迪曼更說，莎士比亞「時常下筆太匆

促，不顧後代評價，只注意交稿期限。」當然，我們也可以從「名滿天下，謗亦隨之」的說法來看待這些針砭之詞。批評他的費迪曼就說：「人的平均壽命是七十年，撥出其中的半年時光來讀完莎士比亞所有作品，絕對值回票價。」

人們對莎士比亞身世的興趣，似乎不如對他的作品來得熱衷，但我們可以簡單交代他的身世。

莎士比亞於一五六四年出生於英國艾文河上的史特杜福，父親在鎮上小有名氣，母親出身世家。莎士比亞在十八歲時娶了大他七、八歲的安妮·哈莎威爲妻，育有兩女。二十一歲到二十八歲之間到倫敦當演員和劇作家；另有一說是他在這段期間曾當過教師。三十歲時，莎士比亞成爲「張伯倫爵士劇團」的一員，之後又與朋友創辦了「地球劇團」，收入頗豐。

莎士比亞一生寫了三十七部戲劇以及一系列的十四行詩，費迪曼推薦了十二部必讀作品：《威尼斯商人》、《羅密歐與茱麗葉》、《亨利四世》前後傳、《哈姆雷特》、《特洛伊屠城記》、《惡有惡報》、《李爾王》、《馬克白》、《安東尼與克麗奧佩特拉》（克麗奧佩特拉就是通稱的「埃及豔后」）、《奧賽羅》以及《暴風雨》。

莎士比亞的定位應該是「一位眞正的詩人」（他的戲劇以詩體寫成），對莎士比亞而言，文學不是道德也不是娛樂，而是藝術。我們閱讀他的作品時，大致可以用這一點作爲標準。

莎士比亞的作品既然那麼流行，在這兒應該寫幾則他的名言供各位參考：「玫瑰就算不叫玫瑰，也還是一樣芬芳。」、「不要自欺，然後你就自然而然的如夜之繼日一般不致欺人了。」；又如事業家郭台銘嫁女時，張忠謀以莎士比亞的名言贈予新人：「我對你的愛無邊無盡，我給你的愛越多，得到的愛也就越多，加起來無窮無盡。」

市面上有《莎翁悲劇八部》的漫畫本，各位有興趣可以買來閱讀，如要閱讀中文譯本，則有兩種常見版本：梁實秋先生和朱生豪先生的《莎士比亞全集》中譯本。當然，電影《莎翁情史》也是不錯的另類選擇。

傑出的記者小說家★丹尼爾．狄福

丹尼爾．狄福

（1660年9月13日—1731年4月24日）

英國小說家，新聞記者，他的作品廣涵政治、地理、犯罪、宗教、經濟、心理迷信等題材，無論題材爲何，他的作品風格皆爲透過努力與奮鬥，靠著勇氣戰勝種種困難。其中最負盛名的就是《魯賓遜漂流記》，此書在當時出版後，在英國大受歡迎，也在一年内再版了四次。

小時候我總認爲，丹尼爾・狄福是一個新聞記者，所以才能寫出像《魯賓遜漂流記》這樣栩栩如生的作品，也認爲狄福一生只寫了這麼一本作品，就一炮而紅。

事實並非如此，狄福雖是英國第一位眞正傑出的職業記者，《魯賓遜漂流記》卻是虛構的作品，只因爲作者擅長化虛構爲眞實，才讓魯賓遜在大部分人心目中成爲活生生的人物。當然，狄福曾參考了薛爾卡克的《孤島漂流記》、丹比亞的《新世界航海記》，以及彼德曼的《冒險旅行記》，才寫了如此逼眞的《魯賓遜漂流記》。

其次，狄福也不只寫了《魯賓遜漂流記》一書，他的著述甚豐，涉獵廣泛，舉凡政治、地理、犯罪、宗教、經濟、婚姻、心理乃至迷信等想得到的題材，他都寫過，有數百部作品。作品如《情婦法蘭德絲》以及《大疫年紀事》，都在文學

史上占有重要地位，各位將來也許有機會接觸。此外，狄福也是現代英國文學上第一位鬼故事作者，例如〈維爾夫人顯靈紀實〉就是很典型的一篇。

丹尼爾．狄福（Daniel Defoe, 1660-1731）可說是英語世界最多產的作家，有多達兩百五十多種著作，也有許多人尊其爲小說之父、現代新聞鼻祖。狄福是肉商的兒子，年輕時曾周遊各地，一度被阿爾及利亞海盜俘虜，還曾因負一大筆債而破產。一六八八年後，曾在四任君王手下撰寫評論時事的小冊子，也當過宣傳人員和秘密情報人員，有過坐牢經驗。在近六十歲時，才寫了第一本小說《魯賓遜漂流記》。

《魯賓遜漂流記》的主要情節，描述一個叫魯賓遜．克魯索的人，從小嚮往海上生活，長大後不顧父母反對，毅然去當船員。後來船在西印度群島觸礁，船上的人全部罹難，只剩魯賓遜一人在昏迷中飄流到無人島。醒來後，自知脫離此島的希望渺茫，就將孤島命名爲「絕望島」，然後從沉船中把日用品和各種工具用木筏運到船上，從此過著漁獵、農耕和畜牧的生活。

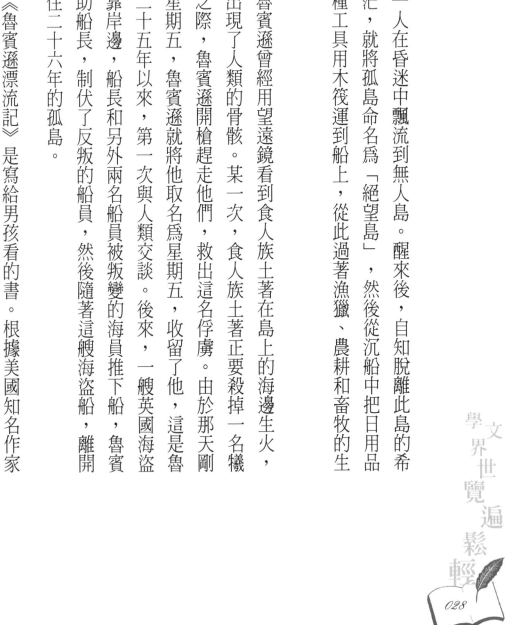

魯賓遜曾經用望遠鏡看到食人族土著在島上的海邊生火，海灘出現了人類的骨骸。某一次，食人族土著正要殺掉一名犧牲者之際，魯賓遜開槍趕走他們，救出這名俘虜。由於那天剛好是星期五，魯賓遜就將他取名爲星期五，收留了他，這是魯賓遜二十五年以來，第一次與人類交談。後來，一艘英國海盜船停靠岸邊，船長和另外兩名船員被叛變的海員推下船，魯賓遜協助船長，制伏了反叛的船員，然後隨著這艘海盜船，離開了居住二十六年的孤島。

《魯賓遜漂流記》是寫給男孩看的書。根據美國知名作家費迪曼的說法，男孩子愛看諸如《魯賓遜漂流記》、《頑童流浪記》之類的小說。他說：「是因爲它們完全滿足了男性的夢想。這些夢想在男孩時代最爲鮮活，長大後卻繼續深藏男孩心中，直至生命終點。」

書中有一段文字不僅能夠激勵人心，也很有哲理，那就是，魯賓遜漂流到孤島後，在心中自我安慰：「雖然身處孤島，渺無希望，但至少很幸運還活著，其他人都溺斃了。」

《魯賓遜漂流記》中譯本很容易借到、購得，各位如有興趣，也可以閱讀性質相似的《瑞士魯賓遜漂流記》。

史威夫特與《大小人國遊記》

史威夫特

（1667年11月30日—1745年10月19日）

愛爾蘭作家，作品多以諷刺文學爲多，代表作品《格列佛遊記》、《浴盆的故事》。史威夫特一生經歷奇特，曾經是神職人員、詩人、作家及激進份子。於一七〇四年將《浴盆的故事》、《書的戰爭》和《聖靈的機械作用》三篇文章出版，以宗教和諷刺學術領域中的腐敗份子。他的作品多含有對人類不理性的諷刺及眞實面目的可厭，希望藉此能夠提醒大眾回歸正途，進而接近理性。

小時候讀《大小人國遊記》，只知妙趣橫生，對作者史威夫特並沒有什麼了解。長大後接觸名人傳記，發現史威夫特可眞是怪人一個，讀他的傳記可能比讀《大小人國遊記》更引人入勝。

史威夫特的怪，僅舉兩個例子就足以證明。其一，他曾經一整年不跟任何人講話，其二，他自稱一生只笑過兩次，都是一個人獨處時，其中一次是在讀英國作家費爾丁所寫的《湯姆．拇指》這個劇本時。又據說，史威夫特生前很討厭一位叫巴崔吉的星相家，因爲這位星相家每年都出版一本曆書，預言一年的大事，於是史威夫特也用假名印行一部曆書，預言巴崔吉將在當年三月二十九日晚上十一時得狂熱病而死。然後史威夫特就在三月三十日於報上刊登巴崔吉死亡的消息，巴崔吉趕忙否認，史威夫特就說：「根據曆書，巴崔吉已死，這個否認

的人是冒名頂替的騙子。」巴崔吉猶如啞巴吃黃連，有苦說不出。

生性幽默的強納森．史威夫特（Jonathan Switf, 1667-1745）生於愛爾蘭首府都柏林，在聖派翠克大教堂司祭長任內死於都柏林，生前患暈眩病，二十幾歲耳聾，使得這個著重理性的人物遭受挫折，導致最後失去自己所嚮往的理性。他去世後，將全部遺產捐出，建了一所精神病院。他在年近六十歲時完成的名著《大小人國遊記》（又譯《格列佛遊記》），可以說是在描述人類拒絕表現理性行爲所導致的後果，但他自己終究失去了理性，命運可眞會捉弄人。

《大小人國遊記》描述一個名叫格列佛的人乘坐「羚羊輪」出海航行，在聖達列島西南遇難（讓人想起《魯賓遜漂流記》），漂流到「小人國」，島上的人身高不足十五公分，一切物品按照比例縮小。接著，格列佛又航行到「巨人島」，當地國王身高超過十八公尺，格列佛成了小矮人。後來格列佛發現了一個「飛島」，島上的人腦中充滿幻想。他也到達一個長生不老島，島上的人個個長生不老，想死也不可能。最後，格列佛旅行到「飛南島」，當地的居民臉型很像馬，有很高的智能，凡事都能自制，稱爲「慧駰」；還有一種居民叫「犽猢」，一直對格列佛灌輸人類醜陋的一面。

史威夫特寫《大小人國遊記》顯然意在諷刺人類，或者說是爲了「改正這個世界」。費迪曼說：「史威夫特想要提供一面鏡子，照出人類眞實且可厭的面目，強迫我們放棄幻象，戒絕謊言，更接近理性。」書中的「犽猢」，意思是「人面獸心」，正是偏離理性的可怕東西。其實，史威夫特心中潛藏著對人類赤誠的愛，他是因爲愛人類而恨人類，所謂的「愛之深，責之切」。

很多人小時候都看過《大小人國遊記》的漫畫和改寫本，如有興趣，可讀全譯本（單德興先生最新的譯本值得推薦）。史威夫特的另一作品《一隻桶的故事》也值得一讀。

伏爾泰及其《憨第德》

伏爾泰

（1694年11月21日—1778年5月30日）

又被尊稱爲「法蘭西思想之父」。伏爾泰年幼時相當聰明，三歲能夠背誦文學名著，十二歲便能夠作詩寫文。經典名言「我不贊成你說的話，但我擁護你說話的自由」便是出自他口。伏爾泰雖爲哲學家，但在文學上的成就亦不容小覷，曾經寫過許多經典傑作，其中又以《憨第德》最爲人知。雨果曾評價說：「伏爾泰的名字所代表的不是一個人，而是整整一個時代」，足見他對當時所帶來的影響和貢獻。

看到「伏爾泰」這個名字，第一個令人聯想到的事情，是他說了一句舉世知名的雋語：「我不贊成你說的話，但我擁護你說話的自由。」我想這句話也許是「言論自由」的圭臬。伏爾泰還有一件事讓我印象甚爲深刻，如果遇到言語無味的客人來訪，他會假裝昏過去。也許只有天才人物才想得到這一招。

或許伏爾泰最重要的身分並不是文學家，而是哲學家。無論如何，他的身分是哲學家、文學家、戲劇家、詩人、歷史家、說故事家、書信寫作家，其他頭銜還有「博學之士」、「偉人的顧問」、「窮人和受害人的捍衛者」、「機智人物」、「論戰家」，以及「才藝煥發的人物」。他身爲時代的良知，與不義、冥頑、特權還有宗教狂對抗。

事實上，十八世紀的「啓蒙時代」在今日是以「伏爾泰時代」爲人所知。他比任何其他批評家更著力於培養社會酵素，

最後迸發爲法國大革命。

伏爾泰（Voltaire，又譯伏爾德，1694-1778），出生於巴黎富裕的中產階級家庭，自小接受良好教育，父親是法律公證人，希望兒子將來當法官。但他從小熱愛文學，中學畢業後不願工作，只想創作。他曾因攻擊宮廷生活淫亂，被關進巴士底監獄，出獄後又因得罪一名貴族而被逐出法國，前往英國。

伏爾泰還積極參加社會活動。一七六二年有個名叫卡拉的新教徒，他的兒子因欠債而自殺。天主教會向法院誣告卡拉，說他兒子是因爲想改信天主教，被信新教的父親殺死。法院於是把卡拉全家逮捕。伏爾泰親自調查事件眞相，把這件冤案的調查報告寄給歐洲許多國家，迫使法國政府爲卡拉平反。

一七七八年，八十四歲高齡的伏爾泰回到闊別二十八年的巴黎，同年年底去世。

伏爾泰名著《憨第德》，主要描述男主角憨第德得到男爵的女兒青睞，又從哲學家潘格羅斯那兒學到萊布尼茲的樂觀哲學，男爵卻把他趕出莊園。後來戰爭爆發，憨第德被迫入伍，情人成爲戰俘。憨第德、他的情人和哲學家潘格羅斯三人，分別遭遇到各種災難，包括一七五五年的里斯本大地震。他們還發現了一個國度，是伏爾泰在小說中創造出來的，名叫「爾．多拉多」。

這部作品副題爲「樂觀主義」，意在諷刺名哲學家萊布尼茲沾沾自喜的樂觀精神，其中的潘格羅斯即是影射萊布尼茲，整部作品閃爍著機智的火花，又精巧地指控人類的愚蠢與殘酷無情，可說與《大小人國遊記》同屬「哲學傳奇」，也預示了以後的「成長小說」。憨第德所受的教育當然是格外極端，讓我們不禁要認同他的悲觀結論：在這個絕非最美好的世界中，明智的選擇是「自掃門前雪」。

伏爾泰的名言除了前述的「我不贊成你說的話，但我擁護你說話的自由」，還有「財富讓人尷尬」、「常識並不那麼尋常」以及「如果上帝不存在，一定會有人創造祂」。

除了《憨第德》外，伏爾泰的傑作還有《哲學辭典》、《札第格》、《哲學書簡》以及兩萬封有趣的信札等。

歌德及其《浮士德》

歌德

（1749年8月28日—1832年3月22日）

著名詩人、戲劇家，是德國偉大的作家，也是相當出類拔萃的人物之一。最具代表的著作有《少年維特的煩惱》、《浮士德》等。歌德亦被認爲是狂飆運動的代表作家，所謂狂飆運動即是文學從古典主義走向浪漫主義的一個過度階段，也就是初期的浪漫主義。《少年維特的煩惱》便是典型的浪漫主義文學，表達了人類內心情感的衝突以及努力不懈的精神。

記得年輕時讀到拿破崙看到歌德時所說的那句話：「這才是一個眞正的人」，不禁認爲「筆比劍有力」確實有其眞實性。

歌德在《艾克曼談話錄》（這也是值得一讀的名作）一書中，曾說道：「脫帽向我致敬啊！你知道拿破崙到埃及時，行李中都帶著什麼嗎？是我寫的《少年維特的煩惱》。」事實上，拿破崙在埃爾富與歌德見面時，談話的主題就是歌德的《少年維特的煩惱》。拿破崙對歌德說：「我讀了好幾次的《少年維特的煩惱》，但我總是不喜歡它的結局。」歌德回答：「我沒有想到陛下喜歡小說有結局。」

寫這一段無非是要彰顯歌德的偉大，連權傾一時的拿破崙也讚賞不已。本文的主題是歌德及其《浮士德》，至於《少年維特的煩惱》當然也有其文學價值。

歌德被稱爲「最後一位全才」，他的身分之多樣不亞於伏爾泰，他是「有創意的藝術家」、「政府官員」、「科學研究者」與「理論家」，就理論方面而言，他揭櫫文藝批評的三原則（雖然最初是爲戲劇批評而提出），即（一）作家想要做什麼？（二）他做得好嗎？（三）他所做的值得做嗎？可謂言簡意賅的批評標準。

歌德（Johann Wolfgang von Goethe, 1749-1832）出生於德國邁思河的法蘭克福，早期（1769-1776），他被認爲是狂飆運動的領導人物，著名的詩〈普羅米修斯〉，堅持人不要相信神祇，而要相信自己，對感情的執著可說達到極致。但一七七五年到瑞士旅行後，歌德毅然棄絕自己的過去，離開法蘭克福，前往威瑪，遇見自己崇拜十年之久的女人夏洛蒂・瑪・史坦因。

從童年在家鄉法蘭克福時，看到一場以民間傳說角色浮士德爲本的皮偶戲那一天起，到去世前完成《浮士德》第二部，《浮士德》都持續在他心中和案頭發展。《浮士德》的第一部是在他二十歲出頭時動筆，在前往威瑪後完成初稿。到了一七八六年，歌德前往義大利旅行，想在羅馬把《浮士德》及其他作品完成。只是在洋溢古典情調的南歐，要處理北歐富於浪漫氣息的浮士德題材，出現了意想不到的困難，只好在回國後的一七九〇年先行出版《浮士德片斷》。至於《浮士德》的第二部，要到一八三二年他去世前才完成。

第一部探討個人的靈魂，包括探索者浮士德的知性覺醒與野心；迷人卻否定一切的魔鬼梅菲斯特對浮士德的誘惑；浮士德自己對瑪格麗特的引誘；以愛爲救贖的承諾。第一部比第二部簡單，我們也比較熟悉，其中的傳說吸引很多作家和作曲家加以改編，浮士德和瑪格麗特的故事，曾經由作曲家古諾寫出有名的《浮士德》歌劇。

第二部探討「偉大的世界」，但不是浮士德個人的偉大世界，而是西方人的偉大世界。其中出現了荷馬作品中的海倫，象徵西方古典世界，浮士德自己則象徵現代或後文藝復興的西方世界。整部作品的結語「男人的心靈常因想念女性而昇華」成爲世界名言。

珍·奧斯汀與《傲慢與偏見》

珍·奧斯汀

（1775年12月16日—1817年7月18日）

英國最有影響力的女作家，代表作品《傲慢與偏見》在二〇〇五年曾經被改編成電影，由綺拉·奈特莉飾演伊莉莎白。

珍奧斯汀出生於英國的牧師家庭，也使得她的作品細膩豐富，且多以描述愛爲基礎。寫了多篇浪漫愛情故事，珍·奧斯汀卻終身未嫁，而她的作品多半是以「過著幸福快樂的生活」爲結尾，可見在奧斯汀的心中肯定也期待著一場浪漫而美好的婚姻。

珍．奧斯汀的代表作無疑是《傲慢與偏見》，但其實她的其他作品文學價值也逐漸被挖掘出來。例如《愛瑪》被認爲「較具歡樂氣息，也較有深度」，而《理性與感性》自從由台灣名導演李安執導的同名電影獲得奧斯卡最佳戲劇改編獎後，也逐漸受矚目。其他如《曼斯菲德公園》和《說服》等也很受重視，都有中譯本出現。

尤有進者，因新拍的電影《傲慢與偏見》在二〇〇六年推出，英國某出版社重印了奧斯汀的《傲慢與偏見》、《愛瑪》、《理性與感性》等六部長篇小說，大膽改變傳統，封面的設計有如一般愛情小說，顯然是基於市場考量。自從同時期的英國小說家史考特（《撒克遜劫後英雄傳》的作者）讚譽奧斯汀爲英國最偉大女作家之後，奧斯汀的小說已經成爲大學文學系學生必讀教材。如今作品封面的大幅度改變，有批評者認

爲是將奧斯汀的作品平庸化，但眞金不怕火煉，相信奧斯汀的作品不會因此降低品質。

珍．奧斯汀（Jane Austen, 1775-1817）生於英國一個富裕的牧師家庭，自幼嗜讀英、法、義國的文學作品，十五歲起就在家人和鄰人進出頻繁的房間中，寫出短篇小說和長篇小說，屬於維吉尼亞．吳爾芙所說的「沒有私人房間」的女性，終生未嫁。死後又有《說服》及前面未提到的《諾桑覺寺》兩部作品出版。

《傲慢與偏見》描述班尼家五個女兒中，長女珍與次女伊莉莎白都値適婚年齡。珍是性情柔順、心地善良的靜態美人，伊莉莎白則是富有才氣、個性偏激的動態美人。珍愛上來度假的鄰居賓利，但將感情深藏心底；而賓利的密友達西則對伊莉莎白懷有好感，但因不善社交辭令，讓伊莉莎白以爲他是自恃身分不同的「傲慢」男生。達西雖然逐漸愛上伊莉莎白，但無法忍受班尼夫人與另外三個妹妹的愚蠢，而賓利雖深愛珍，卻無法領會她的心意，於是兩個男生離開了她們家。

後來達西對伊莉莎白的愛意逐漸加深，於是不顧自己與班尼家身分地位懸殊，也不顧他對伊莉莎白庸俗親人的厭惡，毅然向她求婚。但伊莉莎白一直懷有「偏見」，認爲達西是個「傲慢」的傢伙，因此拒絕他的求婚。在她與輕浮又厚顏的柯林斯，以及巧言令色、油腔滑調的韋克罕交往後，珍終於了解到，憑第一印象評斷一個人是不公平、不可靠的。在與達西進一步接觸後，她也發現他其實寬容又體貼，終於解除對他的「偏見」。最後，達西知道珍對賓利的情感，就努力撮合兩人，而他自己也和伊莉莎白結爲佳偶。

這是「從此兩人過著幸福快樂的生活」的喜劇結局，男性批評家會說，這是專屬女性作家的文類，愛默森也許因此才說，奧斯汀的作品大都以「適婚性」爲題材，未免太狹窄。確實也有人指出，奧斯汀歷經拿破崙時代的所有戰爭，卻不曾在作品中描述過。但是名作家費迪曼說：「她天生是要娛樂讀者，不是要撼動他們的靈魂。」讀者們就以這種了解，去閱讀奧斯汀吧！

巴爾札克及《高老頭》

巴爾札克

（1799年5月20日—1850年8月18日）

法國文學家，巴爾札克是一位瘋狂的作家，他以三天的時間寫出了幾十萬字的《高老頭》，以二十五小時的時間完成《賽查．皮羅多》，幾乎是日以繼夜、焚膏繼晷的努力創作，最後據說是因飲了五萬杯咖啡衰竭而亡。他的生活也極其精采，因沉迷於奢華生活，陸續與幾位夫人交往，其中一位韓絲卡夫人在巴爾札克過世後，亦幫助他出版了幾部著作。

巴爾札克一生中很奇特的一件事，是他在五十一歲就因過著瘋狂的生活，以致衰竭而亡。據說是因爲喝了五萬杯咖啡造成的。根據文獻記載，巴爾札克曾一天喝五十杯不加糖的咖啡，有時他一天寫作的時間甚至達到十四到十八個小時不等，這樣每日辛勞，加上大量咖啡，也難怪會衰竭而亡。

不過，巴爾札克年輕時是個很有抱負的人，曾經拿起一枝鉛筆，在一張拿破崙的照片下面寫著：「拿破崙用劍無法做到的事情，我將用我的筆完成。」這和拿破崙看到歌德時說：「這才是一個眞正的人。」有異曲同工之妙——「筆比劍更有力」。

巴爾札克（Honore de Balzac, 1799-1850）一七九九年出生，小時候因爲受到神經質的母親冷落，在孤寂中度過少年時代，但在就讀梭爾邦大學時，開始對文學產生強烈興趣。三十

歲之前，他寫煽情小說，並不成功，又債台高築，三十歲時寫了第一部成功的小說《梟黨》，三十五歲寫《高老頭》時，寫作手法上有新的突破。

他的一生中有一個女人對他的精神和創作影響很深，那就是比他大二十二歲的初戀情人貝爾尼夫人。此外，他跟魚雁往返十八年之久的韓絲卡夫人結爲連理，據說書信達數千頁之多。但結婚五個月就去世，結束了寫作、事業、旅行、政治、戀愛交織忙碌又精力充沛的一生。

公認巴爾札克傑作的《高老頭》，描述在一間租費低廉的公寓裡住著一個「高老頭」，與一個年輕學生拉斯蒂涅克。「高老頭」原本是家財萬貫的商人，但爲了兩個寶貝女兒的終身幸福，以豐富的嫁妝將她們嫁給貴族，幾乎花掉了所有的積蓄，不得不住進廉價公寓。年輕學生拉斯蒂涅克則是一位窮貴族的後裔，一心只想發跡，希望利用學問與裙帶關係來完成心願，因此一面用功，一面藉由表姐的牽引，與高老頭的小女兒諾新根男爵夫人接近。

公寓另有一位神祕客伏特蘭，看透這位年輕學生的野心，便藉機保證讓年輕人成爲大富翁，不過交換條件是要年輕人成爲他的夥伴，和他一起工作。可是年輕人被教唆去做事關人命的事，所以他拒絕了。後來，其實是逃犯的伏特蘭被警察逮捕了。

另一方面，「高老頭」因爲兩個女兒需索無度，又當他面大打出手，懊惱、痛心之餘，不久就臥病在床。女兒從此再也沒來探望父親。年輕人拉斯蒂涅克在高老頭去世後，當了一隻錶爲他辦理後事，在埋葬高老頭時，俯視巴黎的燈光，叫道：「從此以後，我們就開戰了。」

巴爾札克藉由《高老頭》一書中有關父愛與急欲發跡者的描述，刻劃金錢至上的社會裡，各階層人士的心態，與人際關係的種種變化，算是近代寫實主義的始祖。事實上，巴爾札克超過三百五十本、總題為「人間喜劇」的作品，就包含了社會、歷史以及對社會的批評。再者，《高老頭》中有關父親對兩個女兒的愛沒有得到回報的情節，也可以和莎士比亞的《李爾王》參照閱讀。

信仰的先知★愛默森

愛默森

（1803年5月25日—1882年4月27日）

美國思想家、文學家，愛默森八歲時，父親便過世，此後便被送到拉丁學校就讀。他一生的著作不多，僅發表些短論，分享他的哲學觀念及思想。愛默森善於演講，他低沉富有磁性的嗓音成爲當時的熱門受邀者，因此許多名言佳句因而誕生，如「一個偉大的靈魂，會強化思想和生命」、「有失必有得、有得必有失」等等。

愛默森（又譯愛默生）（Ralph Waldo Emerson, 1803-1882）有兩句名言，讓我印象深刻。第一句是「有失必有得，有得必有失」，很像中國鄭板橋「有禍是福，難得糊塗」的哲學。第二句比較少見，但同樣蘊藏哲理，那就是，「他越大聲談到他的榮耀，我們就越快數我們的湯匙」。意思是說，一個來家裡吃飯的客人，誇誇而談自己的光榮史，我們就要趕快數數湯匙（外國人用貴重的銀湯匙喝湯），看看有沒有被他偷去；這句格言有點接近《論語》中的「巧言令色鮮矣仁」。

愛默森的名字與康科（位於美國麻州東部）超越論學派緊緊結合在一起，事實上他是此一學派的領導人物。所謂超越論，是始於一八四〇年左右的哲學運動，強調個人主義（反對權威）、直覺、自然和自力更生（他有一篇很有名的文章就叫〈自力更生〉）。

愛默森出生於波士頓一個拓荒者家庭，一八二六年進入哈佛神學院，畢業後先當教師，後成爲傳教士。因不贊成唯一神教派的某些教義，對聖餐儀式「不感興趣」，遂放棄神職，赴歐遊歷。

然而，他一直不曾放棄教師與傳道者角色，成爲某種不具職位的慈善牧師，淨化了他那不安定又迅速發展時代的道德風氣。只因曾在第一次造訪紐約時，看到街上人潮洶湧，瞬息萬變，不禁大驚失色，深恐原有的傳統會因這種快速變動而遭到破壞。

愛默森在一八三六年發表短論《大自然》，包含他大部分的非正式哲學觀念。他在《大自然》中把商品、美、語言、紀律、唯心主義、精神，都和大自然聯繫在一起。

例如，他認爲商品不僅是大自然對人類提供的物質，也是大自然對人類服務的過程和結果。自然界的每個部分相互協調，撫育了人類，然後人類利用大自然的恩澤創造了文明和藝術。而學者最受大自然吸引，把古代箴言「認識你自己」和現代格言「研究大自然」合而爲一，藉由心靈的良知去發現眞理，發揮獨創性。

隔年的一八三七年，愛默森在美國大學生聯誼會上發表以「論美國學者」爲題的演講，抨擊美國社會中，靈魂臣服於金錢的拜金主義，以及資本主義勞動分工使人類爲物所役的現象。他也號召發揚民族自尊心，反對一味追隨外國學說。演講非常轟動，被譽爲「思想上的獨立宣言」。

翌年，他又在康橋神學院發表「神學院致辭」的演講，宣稱眞正的宗教在個人內心，不在基督教或教堂中。

此外，他的其他作品如《代表性人物》、《生活行爲》及《英國人的性格》也值得一讀。他的日記更是不可錯過的傑作。據說，有一天他和兒子想盡辦法都牽不動一頭小牛，此時一個愛爾蘭女僕走過來，把指頭溫柔的放進小牛嘴中，輕輕把牠引進穀倉中，於是愛默森在日記上說：「我喜歡會做事的人。」似在暗示他所說的「眞正的學者是思想的人和行動的人。」

張愛玲女士曾譯有《愛默森散文選》，可見她多麼心儀愛默森，讀者或可參閱。

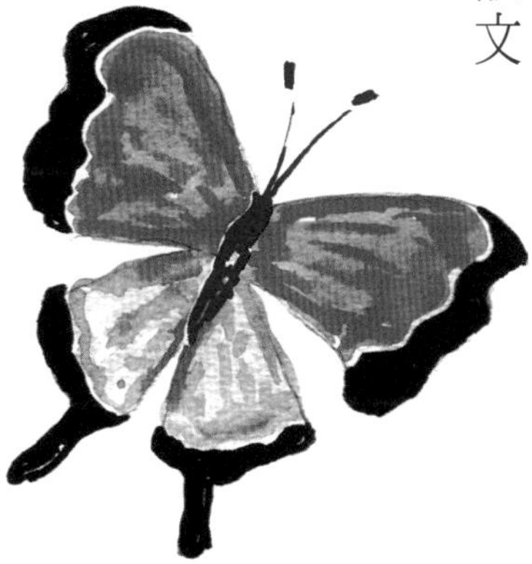

雨果及其《悲慘世界》

雨果

（1802年2月26日—1885年5月22日）

法國浪漫主義作家代表人物，亦是浪漫文學派的領導人物，擁有許多文學、劇本、詩歌等等相關著作。

父親是拿破崙的將軍，小時候雨果便跟著父親駐軍，直到十歲才回到學校讀書。

《悲慘世界》是雨果最著名的作品，原是一齣音樂劇，在二〇一三年拍攝成電影，當時在台灣上映時得到了不錯的票房。雨果一生的著作頗豐，作品幾乎涉及了文學的全領域。

我一直不了解爲何費迪曼（Clifton Fadiman）在他的名著《一生的讀書計畫》中，沒有把雨果及其著作納入其中。僅就《悲慘世界》和《鐘樓怪人》而言，雨果便足以躋進世界文學之林。雨果是法國文學史上的頂尖作家，也是十九世紀前期浪漫主義文學運動的領袖，擅長詩歌、小說、戲劇、散文、文學評論及政論作品，堪稱難得一見的全才作家。

雨果（Victor Hugo, 1802-1885）的父親是拿破崙麾下的一位將軍。他從小就有興趣於寫作，十七歲時參加「百花詩賽」得第一獎，二十歲出版詩集《頌詩集》，三十九歲獲選爲法蘭西學院之士。拿破崙三世稱帝後，雨果奮起反抗，被迫流亡海外，流亡期間寫了諷刺詩《懲罰集》，每章附有拿破崙三世的一則施政綱領條文，並將拿破崙一世的功績和拿破崙三世的恥辱加以對照。

法國的不流血革命推翻拿破崙三世後，雨果重返巴黎。他七十九歲生日時，巴黎舉行盛大慶祝活動，遊行隊伍行經他家所在的街道，他所居住的大街以他的名字命名。八十歲生日那天，有六十萬仰慕者走過他寓所窗前，爲他祝壽。雨果去世後，法國爲他舉行國葬，超過兩百萬人參加葬禮遊行。法蘭西銀行爲了紀念雨果，將其頭像印在五法郎面値的紙幣上，媲美法國人將《小王子》的作者聖修伯里和小王子的形象印在五十法郎的鈔票上。

關於雨果，有兩件比較奇特的事，一是他於三十歲時邂逅女演員茱麗葉並墜入愛河。無論在一起或分開，茱麗葉每天都會寫給雨果一封情書，五十年中累計將近兩萬封。二是越南新興宗教「高台教」尊奉雨果、孫中山、阮秉謙爲「三聖」。

雨果被放逐海外後，有十九年在世外桃源似的兩個小島上度過，獲得大自然的庇護與滋潤，孕育出有名的詩集，以及著名的《悲慘世界》。

《悲慘世界》又名《孤星淚》（有別於狄更斯的《孤雛淚》），包含五部既是獨立又互有關聯的長篇小說。主要的情節是男主角尙萬強爲了讓侄兒吃飽，偷了一片麵包而被捕入獄，一共度過十九年鐵窗歲月後才獲釋。出獄後，他又偷了善待他的主教米里艾的銀器，但主教不追究，反而把銀器送給他。尙萬強從此改名換姓，還被市民選爲市長，但警官賈維爾一直不放過他，於是他決定自首，又鋃鐺入獄。他在當市長時收養的一個苦命女孩珂賽特，愛上了年輕人馬留斯，使他心生嫉妒，唯恐年輕人奪去他的養女。但最後尙萬強在兩個年輕人的關愛中含笑瞑目，他枕邊點著的，正是主教送給他的燭台。

尙萬強的自願投案以及對馬留斯的嫉恨心理轉折，都證明雨果寫此書是意在發揚人性光明的一面，儘管他也對造成悲慘世界的種種發出怒吼。雨果在小說末尾曾這樣做總結：「此刻讀者展閱的此書……從頭到尾……全是講述人從惡走向善，從不公走向正義……起點是物質，始爲九頭蛇，終爲天使。」

《悲慘世界》主題曲之一〈你有聽到人民在唱歌嗎？〉在台灣風靡一時，良有以也。

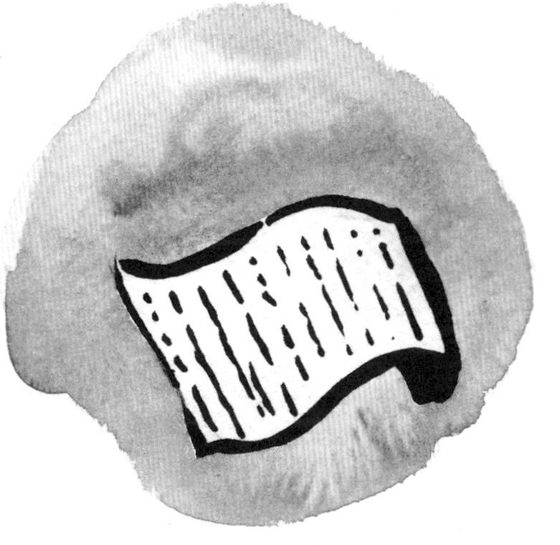

驚悚及偵探小說大師★愛倫坡

愛倫坡

（1809年1月19日—1849年10月7日）

美國著名作家、評論家，亦是浪漫主義的代表人物。愛倫坡在小時候便失去父母，此後便靠養父母扶養長大，之後傾全心寫作，出版了第一卷詩集，但並未受到矚目。後來憑著獨特的評論風格成爲小有名氣的文學評論家。他的作品多以懸疑恐怖驚悚爲主，如《黑貓》、《莫格爾街凶殺案》等等。

童年時看過一部名叫《巨斧》的電影，可眞驚心動魄，至今對驚悚的情節仍印象深刻，後來才知道是根據愛倫坡的短篇小說〈深淵與鐘擺〉搬上銀幕的。

很多人喜歡讀驚悚小說和偵探小說，而愛倫坡剛好是這兩類小說的箇中翹楚，因此他的名氣歷久不衰。

就文學的觀點而言，偵探小說在文學大師眼中也許是末流，加拿大幽默作家李科克就寫過一篇小說〈爲偵探小說瘋狂〉，諷刺人們嗜讀偵探小說。但愛倫坡因緣際會，成爲偵探小說的先驅，加上作品確實優秀，因此有其歷史地位。

其實愛倫坡不僅首創偵探故事，他也開拓了所謂的「科幻」文學。他的「純詩」理論影響法國象徵主義運動，在法國的地位比在美國崇高；他界定且示範了那種發揮「單一效果」

的短篇小說，被尊爲短篇小說之父，莫泊桑、契訶夫、海明威都奉他的寫作方法爲圭臬，在他的短篇小說中，可發現現代心理學的先驅理論，而他也是美國第一位重要文學批評家。

愛倫坡（Edgar Allan Poe, 1809-1849），生於波士頓，父親在他出生後行蹤不明，兩歲時母親去世，從此成爲別人的養子。他曾進入西點軍校，但遭退學，之後以賣文爲生。

愛倫坡的第一卷詩集並沒有引起注意，雖是能幹的新聞工作者，卻錯用這能力，錯失成功的生涯。他沉迷於無望、不成熟又沒結局的戀愛；而痲藥、酒精、工作過度、貧窮成了他的生命基調，所以他也許不算是最偉大的作家，卻是最不快樂的作家。

愛倫坡的短篇小說分成驚悚（恐怖）和偵探兩類，前者有

〈阿夏家的沒落〉、〈黑貓〉以及〈深淵與鐘擺〉等。〈阿夏家的沒落〉敘述阿夏家孿生兄妹之死。先是妹妹馬德琳死於全身僵硬症，被埋在家庭地窖中，後來哥哥羅德利又死於瘋病；羅德利幼年的朋友看到這些事故，慌張逃出阿夏家，跑了一段距離後，回頭望去，只見阿夏家的房子崩毀，被黑暗所吞噬。

〈黑貓〉則敘述一隻叫普魯托的黑貓，揭露一個謀殺者把妻子的屍體用水泥封在牆中的秘密。〈深淵與鐘擺〉描述一個囚犯被綁在一張桌子上，先是將一把鐘擺式巨斧逐漸下降威嚇他，在解脫後又有加熱的金屬牆逼他走向另一道深淵。

偵探小說方面，較有名的是〈金甲蟲〉、〈莫爾格街凶殺案〉，以及〈瑪麗·羅傑奇案（The mystery of Marie Rogêt）〉。

〈金甲蟲〉是講威廉·雷格倫詮釋一隻珍奇的甲蟲和一則密碼，跟黑人男僕一起發現奇德船長所埋藏的財寶。〈莫爾格街謀殺案〉，敘述怪異的杜賓，是如何發現這一連串殘酷的謀殺案，竟然是一隻猩猩所犯下的。〈瑪麗·羅傑奇案〉則是前者的續集，根據當時紐約地方一樁眞實的謀殺案寫成。

最後，愛倫坡的詩不能不稍微提及，〈渡烏〉描寫一隻渡烏造訪一位疲倦學生的書房，寫作的動機是一位美麗女人之死，讓愛倫坡很悲傷。〈安娜貝爾·李〉則是因懷念美麗的愛妻而寫，相當賺人熱淚。

第二個莎士比亞★狄更斯

狄更斯

（1812年2月7日—1870年6月9日）

英國最偉大的作家，狄更斯在生前便享有極榮譽的名聲，狄更斯小時候曾因家裡債務問題，父親入獄，而他也被迫工作以分擔家計，這段時間他看盡人間冷暖、辛酸，所以在他的作品中也反映出基層人民的生活情景。狄更斯出版了許多著名小說例如《孤雛淚》、《雙城記》、《塊肉餘生錄》等等。

查爾斯·狄更斯（Charles Dickens, 1812-1870）被稱爲英國文學中的「第二個莎士比亞」，他把自己小說中的四個主題「貪婪」、「貧困」、「金錢的邪惡」和「人性的善良」發揮得淋漓盡致，現代作家也很少人能望其項背。

倫敦曾推出了根據狄更斯的小說《孤雛淚》改編成的戲劇，而紐約百老匯一家戲院也推出狄更斯作品系列，公演了幾個月之久。所以，狄更斯並不只是流行小說家，同時，我們也不要受年輕時閱讀狄更斯作品的經驗所限。名作家費迪曼說：「就像讀莎士比亞一樣，最好摒除童年和中學時閱讀狄更斯的經驗。他作品中的內涵比維多利亞時代的人所看到的還多，正等著我們去發現。」這句話證明「第二個莎士比亞」狄更斯的作品跟莎士比亞的作品一樣歷久彌新，等著後代的人去發掘。

狄更斯誕生在貧困的家中，幼年時父親用錢無度，因負債

而下獄。小時候的狄更斯除了在鞋油工廠工作外，有時還要照母親吩咐，送衣服給獄中的父親。後來他勉強入學就讀，十九歲時任報社記者，足跡遍及各地，蒐集有趣又罕見的故事。

一八三七年第二部作品《匹克威克遊記》出版，成爲文壇寵兒。其後，隨著每部作品的出版而聲譽日隆，經濟頗爲寬裕，與童年的窮困形成明顯對比。

一八七〇年，狄更斯去世後，據說英國小孩曾悲嘆：「查爾斯（狄更斯的名）死了，以後是不是沒有耶誕節了呢？」可見他的早期作品《耶誕頌歌》（搬上銀幕名爲《小氣財神》）的影響力有多大。

狄更斯的作品不但多，且部部皆爲名著，僅擇其中幾部介紹。

《孤雛淚》描述貧窮、罪惡，以及工廠與下層社會的可怕。主角奧利佛出生在工廠，不知生父母是誰，當學徒期間逃到倫敦，遇到扒手頭目「老壞蛋」，被訓練爲小偷。後來遭受綁架和淩虐之苦，壞人終於被繩之以法，奧利佛也發現自己的家世，並由布郎羅先生收養，送去上學。這是狄更斯最受歡迎的作品。

《塊肉餘生錄》是狄更斯的自傳小說，描述遺腹子大衛幼時遭受暴虐、屈辱，母親又早逝，只好冒著旅途危險去投靠伯母。伯母接納他，送他去上學。離開學校後，大衛在律師事務所做事，與老闆女兒結婚，但兩人僅享受短暫婚姻生活，妻子就去世。後來又與另一女孩結婚，獲得她的精神支援，成爲舉世聞名的作家。書中的考克伯先生影射父親，狄更斯對他的描述，頗能表現作者的幽默感。

《耶誕頌歌》敘述小氣鬼史庫魯吉在耶誕夜午夜鐘敲響時，有三位分別代表耶誕節過去、現在與未來的幽靈造訪，醒來以後，他變成一個樂善好施的人。

《大希望》（又譯《孤星血淚》）描述孤兒皮普的大希望——成爲有教養的紳士，實現又失落的經過，但以快樂的結局作爲收場。

值得一提的是，另一作品《雙城記》雖被費迪曼視爲狄更斯「最差的小說之一」，但仍有閱讀價值。

孤獨的巨人★梭羅

梭羅

（1817年7月12日—1862年5月6日）

美國作家、詩人、評論家、哲學家，最著名的作品爲《湖濱散記》及《公民不服從》。他的作品主要是以自然環境和個人體驗爲主，且饒富詩意，讀起來頗具美感。《湖濱散記》是梭羅爲了逃避當時社會環境，而至華爾騰湖獨自隱居兩年所撰寫的文章，文章優美且將自然環境與個人體悟觀察結合，是一部閱讀起來相當愜意舒適的著作。

有一本梭羅的傳記，名叫《康科的快樂叛徒》，這七個字可說是梭羅一生最佳寫照。誠如梭羅自己所說：「如果一個人沒有與他的同伴齊步前進，可能是因爲他聽到了一種不同的鼓聲。」就這個意義而言，書名中所謂的「叛徒」，只不過是與衆不同。

就因爲梭羅聽到了一種不同的鼓聲，所以他藉由退隱的生活，去抗拒「發明」、「機器」、「移動」、「工業」、「進步」、「物質取向」、「交際聚會」、「城市發展」以及「強勢政府」。他用一個字眼道盡一切：「簡化」。他一生都生活在「高雅的簡單」狀態中。

梭羅（Henry David Thoreau, 1817-1862）出生於美國麻州康科市，曾住在愛默森家，因此思想受到他的影響。一生從事不同工作，但所得只能溫飽。包括教書、測量土地、製造鉛

筆、園藝以及手工藝等，曾因拒繳人頭稅給他心目中不道德的政府，以及反對奴隸制度而入獄。戲劇《梭羅在獄中度過的那一夜》就是在描寫這一段。

一八四五年七月四日，也就是美國獨立紀念日，梭羅前往麻州康科市的華爾騰湖，開始他與大自然為伍的獨居生活。他在一八四七年離開華爾騰湖。一八五四年出版了經典作品《湖濱散記》，書剛出版時只賣了七本，大部分是賣給母親。然而時至今日，此書仍然是公認的「振聾發聵」的作品。

《湖濱散記》中有許多篇幅是關於動植物的觀察紀錄。梭羅在獨居華爾騰湖畔的兩年多中，大部分時間和精力都用來觀察鳥類、動物、花草和樹木的變化，同時代的人都誤解此書只是有關大自然的文獻。

誠然，梭羅自詡爲大自然的新娘，也常和獵人、捕獸者、農人以及其他尋常人等話家常，這些人跟他一樣親近大自然。他自封是暴風雪和暴風雨視察員，喜歡獨自跋涉十里路去與一棵櫸樹約會。這一切都使得人們將《湖濱散記》與「一部有關大自然的文獻」聯想在一起。

其實，除了喜愛大自然，梭羅無時無刻不在思考，他把對大自然的觀察記錄下來，也賦予它們哲學的意義。他用二十八美元的代價在華爾騰畔建了一棟房子，幾乎完全自食其力，更是在實踐愛默森的「自力更生」哲學。他在書中說：「使人墮落的並非食物，而是對食物的欲望。努力會產生智慧和清靜，怠惰只會產生無知和肉欲。我自孔孟思想和印度哲學中尋覓人生的門徑。」

在《湖濱散記》中不只看到自然和哲學，也看到了梭羅對文學、宗教和社會的評論。難怪珍．瑪利遜在所著的《敏於書》一書中說：「它（《湖濱散記》）是哲學？散文？回憶錄？自然寫作？神祕主義？社會批評？全都是，也全都不是。」

一個不信任美國的人，把七月四日國慶日看得跟其他平常日沒有兩樣，選擇這一天去過獨居生活，我想，光憑這一點，就足以引發人們閱讀《湖濱散記》的動機。

惠特曼和《草葉集》

惠特曼

（1819年5月31日—1892年3月26日）

美國詩人、散文家，他的作品描寫大膽而露骨，尤其是《草葉集》，在當時是極具爭議性的作品。惠特曼小時候家境窮困，時常搬遷，因此童年生活便是在苦境中度過，成長後並沒有受到正規的教育，轉而投入職場工作，之後進入了報社擔任記者，因此他也是新聞工作者及政治評論者。《草葉集》在當時的暢銷程度，讓惠特曼足以在紐約購買一間房子，可見《草葉集》在當時的受歡迎程度。

惠特曼在作品中所要傳達的訊息也許很單純，但他的語言確實與衆不同，簡單地說，就是簡潔有力。

例如「我聽到美國在歌唱」、「我讚揚自己」、「我發現沒有什麼東西比我骨頭上的脂肪更美味」、「印度之旅」、「拓荒者！哦，拓荒者！」、「當去年紫丁香在前院盛開」，以及「強有力的老粗」。「印度之旅」被佛斯特採用爲小說書名，「哦，拓荒者」也被薇拉．凱瑟（Willa Cather）採用爲小說名字。

就因爲惠特曼的語言太直接了當，所以有一位匿名作者在《倫敦批評家》雜誌上說：「華爾特．惠特曼不懂藝術，就像豬不懂數學。」而在他直接了當的語言中，讚揚創造物的語言顯得千篇一律，讓讀者感到疲乏，但惠特曼這位自認「新時代喇叭手」的詩人，還是公認的「美妙言語的發明者」，只因他

排斥傳統的語言。

華特·惠特曼（Walt Whitman, 1819-1892）出生於美國長島，是荷蘭人與英國人的混血後裔。年輕時學習印刷術，有十五年的時間游移於印刷術和寫作之間，期間還當過教師。他創辦名為《自由人》的報紙，也做過各種零工，包括木匠和承包商的工作。

一八五五年，很有獨創性的《草葉集》出版，包含十二首沒有標題的詩，但並沒有吸引人們的注目。惠特曼在回憶錄《回顧》中說：「從世俗與商業的觀點來看，《草葉集》的命運比『失敗』更慘。」當時知名的詩人惠提爾還把手上的一冊《草葉集》丟入火爐中。但先知不寂寞，畢竟還是有知音。愛默森收到惠特曼寄贈的初版《草葉集》，回信說：「你的思想自由而勇敢，我向你歡呼。……在你書中我發現題材的處理很大膽，這種手法令人欣慰，也只有廣闊的感受能啓示這種手法。我祝賀你，在你偉大事業的開端。」（引自余光中）當時才三十六歲的惠特曼能感受到一代宗師愛默森的賞識，實屬不易。

《草葉集》之所以取名「草葉」，據說是使用它來象徵生命週期——偉大的生存週期。整部作品充滿個人主義和樂觀主義的氣息。其中的〈自我之歌〉就多達五十頁以上，內容強調平等主義的學說，一片草葉跟最莊嚴的宇宙設計一樣重要。〈闊斧之歌〉讚美斧頭取自土地、爲美國拓荒者所使用、象徵自由。〈從那不停搖動的搖籃中〉描述一隻孤獨海鳥的淒清叫聲，象徵愛、死亡與詩的創造。〈昌蒲〉爲惠特曼的不妥協主義個性辯護，讚美人類的精神之愛。

惠特曼對林肯總統很著迷，林肯早期也嗜讀惠特曼的作品，晚期的寫作風格更直接受到影響。

惠特曼去世後的一百多年，《草葉集》繼續影響美國人的生活。美國總統柯林頓曾送此書給與他鬧緋聞的莫妮卡·陸文斯基。

寫實派小說大師★福樓拜

福樓拜

（1821年12月12日—1880年5月8日）

法國文學家，父親是當地醫院院長，頗受敬重，由於這個原因，小福樓拜看多了生老病死，因此對許多事情看法也較成熟與淡然。

他著名的作品《包法利夫人》在當時是極爲露骨淫穢的，甚至因此上了法庭，不過最後被宣判爲無罪，該作品便開始聲名大噪且流傳至今。

我每年都要購買一冊《愛書人日曆》，作者在其中一天介紹一本好書。二〇〇六年五月七日介紹的正是福樓拜的名作《包法利夫人》，標題是「卓越的經典」，文中引用偉大的批評家邁可．狄爾達的話：「如果有人問道：『世人啊，哪一部作品是最完美的小說呢？』世人會立刻回答：《包法利夫人》。」

狄爾達認爲，《一代豪傑》和《好兵》在結構的複雜性方面勝過《包法利夫人》；《安娜．卡列尼娜》和《追憶似水年華》所涉及的社會層面比《包法利夫人》廣闊；在文體的氣勢方面，《尤里西斯》和《羅麗塔》也勝過《包法利夫人》，但《包法利夫人》仍然是作者掌控作品功力最深、以最美的方式描述的傑作。福樓拜花了五年辛苦歲月寫出這部作品，在他之前，沒有人以如此謹慎的方式寫法文小說。

古斯塔夫·福樓拜（Gustave Flaubert, 1821-1880）出生於法國盧昂市立醫院，父親為此醫院醫生，醫院成為他幼時生活場所。從小看解剖室中的屍體，導致日後抱著消極態度看待世界，他曾說：「一看到女性身影，就彷彿透視她的骨骼。」但另一方面，他又熱衷一種詼諧遊戲，以撞球檯為演戲舞台，所以他其實也具有諧謔的精神。

一八三六年夏天，福樓拜在海灘邂逅了一生唯一摯愛的女性愛麗莎·休雷桑傑夫人，福樓拜的另一本作品《情感教育》，就是以愛麗莎為本。

《包法利夫人》一書曾因「猥褻」罪名而吃上官司，主要是描述在修道院長大的愛瑪，嫁給一位無趣的年輕醫生包法利，婚姻生活無法給予她在書中所讀到和自己所夢想的那種快樂，於是開始在外面偷情，卻被情夫遺棄。最後在道德破產、債台高築之餘，又遭狡猾的商人勒索，終致服砒霜自殺。包法利醫生不曾眞正了解箇中情況，不久也身亡，留下無助的孩子在人海中漂流。

英文中的「自誇」（Bavarysme）就是源於「包法利」（Bovary），意思是：病態地喜歡自己，認爲自己並非本來的自己，而是更加美好地。這當然是指包法利夫人不滿足於現實。可能有數以千計的年輕男女在白日夢或現實中反抗環境，並不是因爲他們天生喜歡反抗，而是《包法利夫人》一書影響了他們。

《情感教育》是福樓拜的另一傑作。作者以路易斯．菲利普王朝和一八四八年的革命爲背景，在書中投射出年輕時代的自己。主角莫勞愛上女主角阿諾絲夫人（即前述愛麗莎），最後以幻滅爲結束，令人興奮的事件終歸全然的單調。很多批評家喜歡這部小說勝過《包法利夫人》，它對自然主義作家，特別是悲觀主義作家有相當的影響。

另外，福樓拜在〈一顆簡單的心〉這篇有名的故事中，想像象徵「聖靈」的鴿子可以由會說話的鸚鵡來取代。現代作家巴尼斯所寫的《福樓拜的鸚鵡》即與這篇故事有關。

一代文學巨匠★托爾斯泰

托爾斯泰

（1828年9月9日—1910年11月20日）

俄國小說家、政治家、哲學家，他出生於一個非常古老的貴族家庭，後來與蘇菲亞結婚後在莊園裡寫出了《戰爭與和平》、《安娜·卡列尼娜》等經典著作。在撰寫小說時，對於文稿都修改多次，就連妻子也幫助他修改和保存文章的工作。《安娜·卡列尼娜》被稱爲是最偉大的愛情故事，寫出了這麼一部傳世愛情鉅作，但托爾斯泰的婚姻卻不盡美滿，最後他與蘇菲亞的婚姻則是以悲劇收場。

一九一〇年十月二十八日，年已八旬的托爾斯泰離家出走，不久後便辭世，出走之謎至今不得解。

一種說法是，托爾斯泰經過長時間的精神探索後，決定擺脫貴族生活，棄家遠遊，實現「平民化」的夙願，因爲他從年輕時就深受法國啓蒙運動思想的影響，不滿沙皇專制。他辭去貴族的職務，拒當法庭陪審員，並從事體力勞動，決心和資產階級決裂，而遠走他鄉似乎是實際行動的表現。

另一種說法是，托爾斯泰與妻子蘇菲亞爭吵後負氣出走。一般人認爲，托爾斯泰和妻子婚姻生活幸福美滿，曾在俄國文壇傳爲佳話。其實，根據蘇菲亞的日記，她憎惡「他的冷淡，可怕的冷淡」。當然，這是晚年的事，其中原因錯綜複雜，不必贅述。

比起托爾斯泰的不朽名作，他的出走之謎就顯得不那麼重要了。人一生的結局固然是一樣的，但過程中的偉大成就卻會令人難忘。托爾斯泰終其一生完成了很多傑作，都是讓人耳熟能詳、琅琅上口的。

生於貴族世家的托爾斯泰（Leo Tolstoy, 1828-1910），本來有一段時間過著自暴自棄、頹喪委靡的生活，後來哥哥把他帶到高加索，展開新生活，先後完成了《幼年，童年，青年》、《戰爭與和平》、《安娜．卡列尼娜》、《伊凡．伊里奇之死》、《克羅采奏鳴曲》和《復活》等膾炙人口的作品。

文學巨著《戰爭與和平》的成就不在於它是一部情節小說，而是一部歷史演進的小說。書中的主角是安德烈王子和他的朋友皮埃爾．貝茲霍夫。安德烈王子是代表托爾斯泰所不贊同的世故人物，而娜塔莎和尼可拉則是托爾斯泰所讚賞的「自然人」。托爾斯泰讓安德烈王子的朋友貝茲雷夫歷經劫難，終於與娜塔莎結婚，也讓娜塔莎成爲書中令人印象最深刻的人物。

托爾斯泰也在書中以輕視的語氣描述拿破崙，排斥歷史的「偉人」理論，但把庫圖佐夫將軍描寫爲俄國救世主，令人懷念。

費迪曼教我們不要被稱爲「史上最偉大小說的《戰爭與和平》」嚇倒，他說《戰爭與和平》沒有曖昧、艱澀，甚至深奧之處，一旦度過幾個小難關，這部拿破崙時代的大記事似乎就成了一本攤開的書——一目了然。

另一本巨著《安娜．卡列尼娜》，則被稱爲「最偉大的愛情故事之一」，甚至美國當紅的電視名人歐普拉．溫芙蕾也很喜歡它。本書開始的一行：「所有快樂的家庭都彼此相像，但每個不快樂的家庭都有自身的不快樂」，幾乎成爲家喻戶曉的名言。

故事繞著兩對男女進行，分別是安娜．卡列尼娜和佛隆斯基，以及吉蒂．歐布隆斯基與雷文。雷文向吉蒂求婚遭拒，因爲她愛上佛隆斯基，佛隆斯基卻愛上已爲人妻的安娜．卡列尼娜。安娜因爲與丈夫的婚姻不快樂，立刻回應佛隆斯基的愛，不惜犧牲所愛的孩子，爲佛隆斯基懷了私生女，最後因受不了社會的壓力而臥軌自殺。至於吉蒂與雷文則結爲連理，過著枯燥又平凡的生活。

據說，雷文即是托爾斯泰本人的寫照。

幽默作家★馬克．吐溫

馬克．吐溫

（1835年11月30日—1910年4月21日）

美國的幽默大師、小說家、作家，因吐溫的反應機智幽默，故他有許多幽默故事廣爲流傳，更甚有他的幽默故事集結成一本幽默故事集。《湯姆歷險記》、《乞丐王子》是至今仍廣爲流傳的作品，不僅適合孩童閱讀，幽默風趣的筆觸讓讀者更能感受馬克吐溫幽默的魅力。

馬克・吐溫似乎是「幽默」的代名詞。他的「幽默」又似乎是源自於母親。馬克・吐溫在〈我的母親〉一文中說，他的母親不曾錯過任何一次葬禮，因爲她說如果她不去參加別人的葬禮，他們就不會來參加她的葬禮。

馬克・吐溫本人說過兩句很幽默的話，一是「經典作品是每個人都希望讀過，卻沒有人想去讀的作品。」；二是「我喜歡薄書，因爲可以用來墊桌腳；我喜歡皮裝書，因爲可以用來磨剃刀；我喜歡厚書，因爲可以用來丟貓。」。此外，他在名言「熟悉生輕蔑」又加上四個字，成爲「熟悉生輕蔑——以及孩子。」，可見他的機智。最後，那句「戒菸很容易，我已戒了一百遍。」，也是出自他的筆下。

馬克・吐溫原名桑繆爾・克雷門斯（**Samuel Clemens, 1835-1910**），他出生那年，哈雷彗星出現，如同他所預言，

他去世那年，哈雷彗星再度出現。

他一生貧困，曾當過印刷工人等多種零工，過著四處流浪的生活，後來終於具備了做水手的資格，卻因南北戰爭爆發而失業。他曾到內華達州當礦工，也當過維吉尼亞州的新聞通訊員，著手寫小品的幽默作家。一八七四年後的二十年間，先後完成《湯姆歷險記》、《乞丐王子》、《密西西比河上的生活》以及《頑童流浪記》等不朽名著。

《湯姆歷險記》描寫淘氣的湯姆和弟弟希德，跟波麗姑媽生活在一起。湯姆和女朋友貝琪吵架，就和朋友哈克去進行夜間探險，卻目睹一樁謀殺案。湯姆和貝琪和好後，兩人於一次學校的野餐活動中迷路，在一處洞窟發現了謀殺案的凶手。他和哈克兩人分享賞金。

《湯姆歷險記》有兩本續集《湯姆在海外》及《偵探湯姆》，但都不是重要作品。姐妹作《頑童流浪記》卻是一部有關密西西比河的寫實作品，也是適合各年齡層的傑作，連吝於讚美其他作家的海明威都說：「所有現代美國文學，都源自馬克．吐溫一本叫《頑童流浪記》的書。」

《頑童流浪記》描述哈克的養父覬覦哈克分得的賞金，綁架他，但哈克逃走，跟一位逃跑的奴隸吉姆乘坐木筏沿河而下。後來吉姆的主人去世，在遺囑中聲明要讓吉姆獲得自由，哈克的財產也得以保全，但他還是繼續過流浪生活。

在此書中，哈克決定寧願自己「下地獄」，也不要把黑人奴隸吉姆送回主人家，讓他再度淪爲奴隸，因此本書在當時的氛圍中被認爲「不道德」，一八八五年被麻州康科、布魯克林、歐瑪哈和丹佛地方的公立圖書館列爲禁書（一說是因爲語言粗鄙）。

馬克．吐溫曾在《湯姆歷險記》第八章末說：「做一輩子的總統，不如過一年的自由生活。」可見他對奴隸自由的重視。又有論者認爲，此書是一個「死亡、再生和啓蒙」的故事，也是言之成理。

詩人小說家★湯瑪斯．哈代

湯瑪斯．哈代

（1840年6月2日—1928年1月11日）

英國作家，出生在一個沒落的農村，也曾經當過建築師學徒，作品多以農村生活爲背景，且多帶有悲觀色彩。著名作品《黛絲姑娘》、《無名的裘德》便都是描述農家子女的坎坷命運。

中學時代似懂非懂的閱讀呂天石先生所譯的《黛絲姑娘》（當時的譯名是《火石谷》），讀大學英語系時，教「小說選讀」的教授選的是哈代的《嘉德橋市長》，當時我曾把老師教過的章節譯成中文，作爲精進功課的方式，可惜老師此書並沒有教完，但我已約略知哈代的作品強調「性格即命運」的觀念。後來，他的《瘋狂佳人》搬上銀幕，也是我一生中所看過的少數電影之一。

哈代生長在禁忌多的維多利亞時代，他卻勇於對抗當代的禁忌，包括性、宗教和哲學方面。現代小說之所以缺乏歡樂氣息，部分是因爲哈代率先反抗一些當代作家虛假樂觀的精神，這一點又跟他受到達爾文和「機械決定論」的影響有關。

哈代（Thomas Hardy, 1840-1928）出生於建築師家中，自幼喜愛讀書與獨處。摒棄以牧師爲職的念頭，當過建築師的學

徒，二十七歲開始從事小說寫作。

《嘉德橋市長》出版於一八八七年，它是哈代悲觀哲學的代表作，所透露的訊息是「快樂只不過是一整部痛苦戲劇中的偶然插曲」。

故事敘述韓洽德酒醉後竟把妻子和還在繦褓中的女兒賣給一位水手，酒醒後悔不當初，於是洗心革面，發憤向上。十七年後，他當上嘉德橋市長，妻子突然帶著女兒出現，爲了彌補過去的錯誤，雖然他和女友已有婚約，還是決定與重逢的妻子結婚。但結婚後不久妻子即過世，後來證明妻子帶來的女兒其實是與水手所生的，他的親生女兒已過世……。作者從陳舊的三角愛情關係中，演化出複雜的情節，使讀者對於人事滄桑和時運有一種變幻莫測之感。

《黛絲姑娘》出版於一八九七年，女主角黛絲的父親爲了改善生活而攀附富人，把她送到「假親戚」家做事，卻被主人家的兒子亞雷克誘騙失身，產下一子，但不久夭折。黛絲後來到一座酪農場工作，邂逅了柯拉瑞，墜入情網，新婚之夜她向丈夫坦誠過去的不幸，柯拉瑞竟因此拂袖而去。被丈夫拋棄的黛絲只得接受重逢的亞雷克幫助，但等到柯拉瑞回來找她，她又爲了柯拉瑞殺死亞雷克，最後因殺人罪而被捕處刑，命運對黛絲的捉弄終於結束。

一八九七年出版《無名的裘德》，描寫一個滿懷理想的青年屢遭挫折，跟表妹的愛情又不被世俗所接納，最後淪入悲慘的命運，是哈代最憤世嫉俗和對社會絕望的作品。但書一出版後即引起震驚與衛道者的公憤，哈代只好重拾文學「初戀」詩。這本《無名的裘德》也成了他最後的一本著作。

哈代在早年時，就將寫詩作爲每日必修的課程，臨死前，他一共寫了一千首以上的詩，包括那首描述拿破崙戰爭，氣勢磅礴又無所不包的巨著《列王》。哈代認爲自己主要是詩人，寫小說多半是爲了賺錢。費迪曼說，很多人認爲哈代的詩優於小說，「而哈代確實是二十幾位值得仔細閱讀的英國詩人之一」。

戲劇大師★蕭伯納

蕭伯納

（1856年7月26日—1950年11月2日）

愛爾蘭作家，一生寫過六十多部戲劇，早年靠創作音樂及文學評論維生，後以創作出《賣花女》而聲名大噪。蕭伯納的機智和幽默眾所皆知，正是如此他的作品多知性而熱情，也因他的作品具有理想性和人道主義，曾獲得諾貝爾文學獎。

提起蕭伯納，第一個印象應該是他的機智。

據說，有一次，名舞蹈家鄭肯女士（一說是演蕭伯納《賣花女》一劇女主角的派翠克．康貝爾）對蕭伯納說：「如果我們兩人能結合，以你的聰明加上我的美麗，生下的孩子一定是秀外慧中了。」誰知蕭伯納的回答是：「如果倒過來，以妳的頭腦加上我的外表呢？」

另有一次，他在戲劇《芭芭拉少校》（一說《賣花女》）初演前，致電邱吉爾：「爲你保留第一夜演出的兩張票，請帶一位朋友來，如果你有朋友的話。」邱吉爾回電說：「無法去觀賞第一夜演出，會來觀賞第二夜演出，如果有第二夜演出的話。」眞是鬥來鬥去！

蕭伯納（George Bernard Shaw, 1856-1950）生於愛爾蘭首

都都柏林，一八七六年到達倫敦，在音樂、美術、文學均有廣泛知識，在政治與社會問題方面的著作與演講頗多，《女性知識分子的社會主義及資本主義入門》至今仍擁有衆多讀者。最重要的是，他能夠將自己的社會觀與歷史觀以敏銳、諷刺和幽默的筆法寫成優秀的戲劇。

此外，他的戲劇序文有時比戲劇內文還長，這也是他的獨特之處。除了戲劇序文之外，他也寫小說、經濟論文、小冊子以及文學、戲劇與音樂評論，並且爲各種報刊寫文章，探討當代重要大事及時事。

他的初期戲劇分成「不愉快的戲劇集」，包括《鰥夫之家》、《華倫夫人的職業》和《調情手》；以及「愉快的戲劇集」，包括《武器與人》、《坎第妲》、《命運的人》以及《難以預料》。

以後，蕭伯納的創作以揭露、批判帝國主義侵略政策和殖民政策為主題，先後完成了《魔鬼的門徒》、《凱撒與克利奧佩特拉》和《上尉勃拉斯龐的轉變》三部劇，名為「為清教徒寫的戲劇集」。

到了二十世紀初，蕭伯納受到叔本華唯心論的影響，創作了《人與超人》和《回到梅修色拉時代》，但很快又轉向對現實社會的批評。

值得一提的是，一九一二年出版的《賣花女》被改編為歌舞劇和電影《窈窕淑女》，名噪一時。原劇第四幕有一句名言：「我過去雖以賣花為生，卻不賣身；但現在你已把我改變成貴婦人，除了賣身之外，無以為生。如果你讓我保持當時的情況，就不致有這個麻煩了。」這是蕭伯納對上流社會激烈、諷刺的批評。

蕭伯納的作品只有知性的熱情，少了希臘人或莎士比亞作品中的悲劇感，也少了所謂的詩意；這也許是作家亞倫·阿普渥（Allen Upward）寫了一齣諷刺《人與超人》的戲劇，並於一九二六年聽到蕭伯納得諾貝爾獎後，憤而自殺的原因吧。

探索文化與人性衝突★康拉德

康拉德

（1857年12月3日—1924年8月3日）

英國小説家，因作品多以海洋爲背景，又稱爲「海洋作家」。康拉德生在一個戰亂的時代，雙親皆亡，於青年時在法國當上水手，至此便在海上過了將近大半的人生。康拉德在周遊世界二十多年後才在中年時轉行成爲作家，因此他的作品多與海洋有關，最著名也最爲人熟之的作品爲《黑暗之心》。

康拉德的小說大半以海洋爲背景，對於成長於澎湖、自小喜歡海的我很具吸引力，也是我譯了康拉德兩部作品的原因。遺憾的是，我沒有機會譯出他的自傳性作品《海之鏡》，但此書已有中譯，愛海的讀者有福了。

雖然康拉德的作品以海洋爲題材，但稱呼他爲「海洋文學作家」其實並不很恰當，根據費迪曼的說法，康拉德「並不是海洋文學作家，更不是冒險故事作家，而是心理小說家，只是剛好採用了自己很熟悉的材料」。

康拉德（Joseph Conrad, 1857-1924）生於俄皇統治下的波蘭，十七歲到法國馬賽的船上當船員，所以他能閱讀波蘭文和法文作品。二十多歲時首次到達英國，不久升任英國船船長，大約此時才開始學英語，從此以英文寫作，英語成了他的主要語言。對於一個二十幾歲才接觸英文的人而言，能夠用英文寫

出很多傑作，除了才華之外，努力也是不可或缺的。

前面提到，康拉德是心理小說家，那是因爲他受到美國小說家亨利．詹姆斯的影響。在《水仙號上的黑人》、《颱風》和《青春》（後兩者有中譯）等作品中，康拉德將對抗大自然的精神、克服困難的勇氣等加以浪漫化，但在《吉姆爺》（電影《一代豪傑》）、《勝利》、《不安的故事》、《黑暗之心》等作品之中，康拉德的主角卻痛苦地解剖自己的思想；他們離鄉背井，白費心力去追求不正當的虛幻目的，康拉德的犀利分析十分入骨。

費迪曼在康拉德的諸多小說中只推薦一九〇四年的《諾斯特羅莫》，想必有其理由。這部作品由三篇故事構成，是康拉德最長的作品。故事發生於南美一個虛構的共和國，義大利籍的工頭諾斯特羅莫，本來是支持銀礦經營者克魯德和利維拉總統，盡力幫助他們隱藏銀塊，但因無法完成任務而厭惡自己，索性監守自盜，喪失道德。康拉德寫這部作品時，曾對南美歷史下了一番功夫，是價值不容忽視的現代文學。

至於一九〇二年的《黑暗之心》，則是台灣讀者耳熟能詳的作品，因爲有三部中譯，且兩次搬上銀幕，一次名爲《黑暗之心》，另一次名爲《現代啓示錄》。書名《黑暗之心》，「黑暗」至少有三層意義，一指非洲剛果；二爲主角馬羅敘述時天漸黑暗；三爲道德的黑暗。就第三層意義而言，康拉德相信，在我們達到「善」的境地之前，必先經驗、知曉「惡」；也就是在我們能看到寶藏之前，必先下到深坑，但下到深坑是一種墮落，因此要付出代價。

此書的多層意義常引起讀者爭辯，《黑暗之心》是文學經典？是種族主義寓言？是對唯物主義的嚴厲指控？是高明的心理個案研究？讀者有機會閱讀此作品後，或可加入討論。

普魯斯特及《追憶似水年華》

普魯斯特

（1871年7月10日—1922年11月18日）

英國的意識流作家，因患有嚴重氣喘病，成年後便開始足不出户在家寫作，因此留下許多傳事文學。普魯斯特作品的最大特色是「『客觀世界』如何反映在『主觀意念』。」也就是意識流的寫法，一個失眠夜花了三十頁的篇幅撰寫，中間穿插了許多心理分析及議論聯想，時間也可以無限延長，成了他的最大寫作特色。

普魯斯特的《追憶似水年華》一共七部，確實可以用「卷帙浩繁」來形容，中譯本一直到近十年才在台灣出現。費迪曼說：「如果對此書有些感覺（很多人不會），那麼花個五年、十年去讀，讓它成爲內心世界的一部分，也值回票價。」

普魯斯特（Marcel Proust, 1871-1922）出生於巴黎郊外現今的巴黎十六區，父親是巴黎大學醫學院教授，母親是富裕猶太人後裔。普魯斯特雖就讀巴黎大學法學院，卻具不尋常的文學天賦，在校刊及其他文藝雜誌上發表短篇小說評論與詩作；經同學、朋友及母親的介紹，參與了文藝界的活動，對於寫作《追憶似水年華》很有助益。一九〇五年，父母親相繼去世後，健康情形惡化的普魯斯特，仍於一九〇九年著手《追憶似水年華》的創作，直到一九二二年去世爲止。

一九一一年，當此書寫了八百頁時，普魯斯特曾向「法國新評論社」接洽出版事宜，結果兩度遭拒，而拒絕的人正是寫《如果麥子不死》的文壇巨匠紀德。此書的手稿被第三家出版社拒絕出版，其中有一句評語是：「此書花了三十頁的篇幅描述主角如何輾轉床側。」於是普魯斯特決定自力出版。

第一部出版時，曾拒絕它的紀德讀了之後，寫信向普魯斯特致歉，說「法國新評論社犯了最嚴重的錯誤。」普魯斯特接受道歉，兩人成了好朋友。

這樣一部大部頭的作品，光角色就有兩百位，到底是寫些什麼呢？

表面上它所描寫的是巴黎已消失的貴族和舊日資產階級的生活和醜史，但普魯斯特改造了小說的敘事方式，從傳統講述故事的羈絆中解放出來，關注普通的事物，從細節中衍生出各種聯想，運用對意象的無限聯想，創造出一種全新的敘事風格。例如第一部開始時，主角啜飲紅茶，佐以瑪德琳蛋糕，深深吸口氣，在若有所思中寫出少年生活，揭開本書序幕。

喬易伊的巨作《尤里西斯》的主角是一個地方——都柏林，《追憶似水年華》的主角則是「時間」。普魯斯特熱衷於在藝術中投射「時間眞正的形態」，這也是他對「存在是什麼？」這個問題的答案。對他而言，「存在」不是根據時間先後順序發生的事件，「存在」是完全的過去；只有完全喚起「過去」，才有可能接近某個時刻的內容。因此，「眞實」變得無法掌握，世間萬物轉瞬即逝，不再重現，只有透過藝術、寫作，才能眞正領悟而得以保存。

藝術成了普魯斯特的宗教，只有藝術能爲生命的多變強加一種秩序井然的形式，慰藉我們，這正是書名「追憶似水年華」的眞義。

人道主義作家★E·M·福斯特

E·M·佛斯特

（1879年1月1日—1970年6月7日）

英國小說家、散文家，少年時曾經進入「公學」就讀，但對於其教學體制不滿，認爲該教育體制下的學生，頭腦發達、四肢發達，但心靈卻不健全。後來進入劍橋學院就讀，作品《最長的旅程》便是在這時期完成的。除了擅長的小說外，福斯特的演講集《小說面面觀》也是不可錯過的經典作品。

E・M・福斯特一生寫過許多短篇小說、散文以及論文，但只寫了五部長篇小說。雖然他的小說作品少，年代也似乎久遠，內容卻很豐富，而且非常現代。其中四部小說被拍成了電影，廣受觀衆的喜愛，包括《印度之旅》、《窗外有藍天》（又譯《翡冷翠之戀》）、《此情可問天》以及《墨利斯的情人》。

自從一九二四年出版了《印度之旅》後，小說創作突然中斷，可能的原因之一是：他沒有辦法坦誠地寫及自己的同性戀，可是他又獨排衆議，力挺十足異性戀的小說《查泰萊夫人的情人》。

一九二四年出版的《印度之旅》備受肯定，被譽爲是二十世紀最重要的小說之一，該書出版後，福斯特將重心轉向講學與文學評論。一九二七年他應邀到劍橋大學主持克拉克講座，這一系列演講成爲他最受歡迎的論文集《小說面面觀》的基礎。

E·M·福斯特（Edward Morgan Forster, 1879-1970），出生於英國中產階級家庭。一九〇一年自劍橋大學畢業後，在海外遊歷了十年，先後住過印度、義大利和其他國家。這些異國經驗爲福斯特的小說提供豐富的素材。他不修邊幅，喜愛洋溢神靈氣息的希臘，喜歡貝多芬與華格納，也熱愛但丁和珍·奧斯汀，這一切多少影響了他的創作精神。

就讀劍橋大學「國王學院」期間，開啓了他的人生新頁，他自己也說那是一段幸福的日子。他在劍橋參與過一個由作家、藝術家和知識分子（包括作家維吉妮亞·吳爾芙、經濟學家凱因斯、評論家羅傑·佛萊和麥卡錫等）組成的人文社團——「布倫斯伯利社」（Bloomsbury Group），啓發了他作品中的現代精神。

《窗外有藍天》的背景大部分是義大利佛羅倫斯（舊譯「翡冷翠」），描述已有婚約的女主角露西和朋友到義大利旅遊，她爲了旅館房間看不到窗外景色而懊惱，中下階級出身的愛默森自願跟她們交換房間，兩人因此結緣，並墜入情網，露西也因此在感情上陷入三角習題。最後她克服了偏見和家人的反對，與愛默森結爲連理。

《印度之旅》是福斯特最成名的作品，描述在英國統治下的印度，英、印人民之間的交往、衝突、誤解和離散。劇中主角亞黛蕾對婚姻失望，在馬拉巴洞穴中幻想友善的印度年輕醫生阿吉茲襲擊她，是小說的高潮。這部小說不在描述印度民族主義的主張、英國帝國主義的愚鈍或印度教神秘主義的訴求，而是描寫人類的分離狀態，剛好與鄧恩的名言：「沒有人是孤島」相反。但我們也可以以另一種觀點看待這本小說：它應該是一本探討人類交流可能性的小說；無論書中角色排除東西方障礙的企圖是否成功，企圖總是存在。

除了小說之外，福斯特的隨筆也很有見地。他在《二次歡呼民主》中說，民主承認多樣性，所以值得一次歡呼；而民主應該接受批評，所以值得二次歡呼；但民主只要歡呼兩次就足夠了，沒有理由第三次歡呼。

最後，福斯特的《小說面面觀》是小說寫作方面的經典作品，台灣已有兩種譯本，專業人士或非專業人士都勿錯過。

捷克文學之寶★卡夫卡

卡夫卡

（1883年7月3日—1924年6月3日）

出生在布拉格的猶太人，他雖然身爲猶太人，但因當時歐洲對猶太人的壓迫，時常抱怨自己身爲一名猶太人的身分，正因如此他的作品有鮮明的主題及對現實殘酷的無情和心靈上的衝突，著名的作品有《變形記》、《城堡》、《審判》等。卡夫卡被認爲是二十世紀最有影響力的作家之一。

卡夫卡是捷克的文學之寶，幾年前遊東歐時，領隊聽到我提到卡夫卡的名字，特別帶我和妻子到布拉格市區的卡夫卡半身銅像瞻仰。捷克政府在首都大街上特別爲卡夫卡樹立銅像，可見卡夫卡在文學世界中的重要地位。

卡夫卡死後，捷克當局設立了一個「卡夫卡文學獎」。日本名作家村上春樹曾獲此獎，在得獎感言中說，他第一次讀卡夫卡的作品《城堡》是在十五歲時，而他的《海邊的卡夫卡》是向卡夫卡致敬，並引用了卡夫卡給朋友信中的一句話：「書必須打破自己內心結凍的海才行。」

卡夫卡其實是一個謙卑的人，他在遺言中要求朋友把他的原作稿燒毀。

卡夫卡的個性很神經質，卻善用了這種神經質。他一生都

感覺遭受父親支配，陰影驅之不去。他寫了《給父親的信》，也許就是試圖「打破自己內心結凍的海」。

卡夫卡（**Franz Kafka, 1883-1924**）出生於布拉格，在布拉格大學攻讀法律，二十歲時任保險局職員，三十四歲時罹患肺結核，四十一歲不到，在療養院結束了短暫的生命。

在短暫的四十一年生命中，他寫出三部未完成的小說《城堡》、《審判》和《美國》，還寫出十幾篇短篇故事、零散的簡短寓言，再加上一些信札，但這些就奠定他如日中天的聲譽。

《城堡》描述一位土地測量員K接受城堡當局聘請去丈量土地，但城堡內的人卻告訴他，聘請他純粹是一次失誤。K想盡辦法要進入城堡，但這其實是一場毫無希望的戰鬥。最後他僚主義的祭品。

發現，一次荒唐的錯誤，決定了他一生的命運，他成了城堡官

《審判》的情節也荒誕不經，但蘊含深刻的社會批評意味，透過對銀行高級職員約瑟．K不明不白被法庭祕密處決的描寫，揭露、抨擊了奧匈帝國司法制度的黑暗與腐朽。它跟《城堡》一樣，所描繪的就是個人面對巨大權力時的無奈與無望，只有被宰割和踐踏的命運。

《美國》其實是卡夫卡的第一部長篇小說，以傳統的手法描述男主角在美國的遭遇，揭露資本主義社會的重大矛盾和弊端，和《城堡》、《審判》一樣都沒有結尾。

短篇小說中最有名的是《變形記》（英文有圖畫本）和《流刑地》。《變形記》中最有名的開頭句子：「格列果．山

姆沙有一天早上從惡夢醒來，發現自己變成一隻怪蟲躺在床上。」從此他成爲「一切不幸的禍根」。作者透過格列果由人變蟲後的悲慘遭遇和心靈痛苦的描述，揭露中下階層人民的悲涼處境和人際關係的冷漠。費迪曼則認爲，在《變形記》和《流刑地》等作品中，「卡夫卡預見我們這個時代的非人性化、恐怖和官僚專制」。

史蒂文生與他的兩部傑作

史蒂文生

（1850年11月13日—1894年12月3日）

蘇格蘭小說家、詩人及旅遊作家，性格熱愛冒險，旅遊，著名的作品《金銀島》便是以冒險爲主題的精采小說。史蒂文生患有肺結核，儘管如此他仍然不停的寫作，也熱愛寫作，豐富的文采及想像力幫助他完成不少優秀的文學作品，除了《金銀島》之外，還有《綁架》、《新天方夜譚》等著作。

六十多年前閱讀兒童刊物《東方少年》，至今我仍然記得的是其中的《黑色鬱金香》與《金銀島》的連載。長大後漸漸對《金銀島》的作者史蒂文生有所了解，知道他是英國文學新浪漫主義的代表之一，不但寫小說，也寫詩、散文與旅遊。有很多現代主義作家不認同史蒂文生，因爲他是大衆化的作家，不符合他們所定義的文學，不過最近評論家已開始認眞審視史蒂文生的作品，視之爲西方經典。

史蒂文生（Robert Louis Stevenson, 1850-1894）誕生於蘇格蘭愛丁堡，從父親和祖父身上遺傳了熱愛冒險和喜愛海洋的性格。由於患肺病而身體虛弱，他冬天經常躺在床上，聽娸姆講聖經和歷史故事，使他對詩及文學發生興趣，也培養出豐富想像力和優越的散文寫作能力。大學時爲了尊重父親的意願，先後修讀工程學和法學，直到若干年後，爲了養病才開始寫

作。

養病期間，縱使手帕上沾著血，椅子的扶手上擺著藥瓶，樂觀的史蒂文生仍然繼續寫作，創造了第一部受歡迎的作品《綁架》及一生最著名的作品《金銀島》、獲得廣泛讚賞的《化身博士》，以及詩作《兒童詩園》等。一八九四年某天早上，史蒂文生在南太平洋一座島上，一如以往努力從事另一名著的寫作，到了晚上，他一面與妻子說話，一面打開葡萄酒，卻突然倒了下去，不久撒手人寰，當地居民把他埋葬在一處可以眺望海洋的地方。他臨死時說了一句話：「看在上帝的份上，你可以給我一本霍拉斯的作品嗎？」而霍拉斯正是古羅馬最有名的自然詩人，可說史蒂文生至死不改其對大自然的喜愛。

《金銀島》是由男孩吉姆以第一人稱敘述他參與探險去尋

找埋在一座遙遠海島上的寶藏的經過。機警又勇敢的吉姆發現海盜們計劃從這些探險者手中奪走寶物，但這些探險者不畏無數次危險，終於到達荒島，在一位當過海盜的人的幫助下掘出了財寶。此書沒有深刻心理刻劃，但是故事情節驚心動魄，讓讀者一直處於緊張、懸疑狀態中，等待著作者以豐富想像所創造出來的複雜局面，最後如何讓謎底揭露、水落石出。

史蒂文生對於人性善惡兩種力量交互出現的問題深感興趣，有一夜他做了一個夢，想出了表達此一問題的方法，寫出著名的《化身博士》。本書描述傑克醫生苦於自己的雙重人格：平時是循規蹈矩的人，但內心邪念卻蠢蠢欲動，於是他在實驗室中創造出一個邪惡人物海德先生。傑克醫生可以隨意化爲海德，然後又回到人人尊敬的醫生軀殼，但最後卻長時間停留在海德的形體裡，無法擺脫，終致服毒自殺。

史蒂文生寫出這兩部作品，是想用離奇非凡的想像境界，來抗衡他所批判的資產階級平庸的現實生活，難怪很受生活苦悶的現代人所歡迎。據資料顯示，他的作品被翻譯的次數僅次於狄更斯，還排在愛倫坡之前。

其實，他的散文作品也頗有可觀之處，如〈爲無所事事者辯〉、〈寫給一位想要擁抱藝術生涯的年輕男士〉和〈給女孩與男孩〉等，至少我個人相當喜愛。

戰地作家★海明威

海明威

（1899年7月21日—1961年7月2日）

美國作家，最著名的作品爲《老人與海》，這部作品是海明威於古巴定居時所寫成，於1952年獲得了普立茲獎，隔兩年又獲得了諾貝爾文學獎，足見這部作品的文學造詣及受歡迎程度。除了《老人與海》外，海明威還有多部作品聞名，如《戰地鐘聲》、《戰地春夢》、《雪山盟》等等，也都相當受歡迎。

有人說，海明威的作品以三W——war（戰爭）、wine（酒）、woman（女人）出名，證諸他的《戰地春夢》和《戰地鐘聲》，這種說法也許貼切，但就諸如〈雪山盟〉、〈不會被擊敗的人〉等短篇小說而言，也許「陽剛」幾可形容他的作品特色。

海明威（Ernest Miller Hemingway, 1899-1961）是美國鄉村醫生的兒子，一次世界大戰時曾擔任救護車駕駛員，並受了重傷，後來以駐歐記者身分參加二次大戰和西班牙內戰，並將戰地經驗寫進作品中。一九五三年、一九五四年，以《老人與海》分別獲得普利茲獎及諾貝爾文學獎，作品對美國及二十世紀文學發展有極深遠影響。

海明威作品較突出的是短篇故事，而不是較具野心的長篇小說，文學愛好者除了應該閱讀他的中篇《老人與海》，長篇

《戰地春夢》、《戰地鐘聲》和《旭日東昇》外，也應多涉獵海明威《短篇故事全集》中的短篇作品。他的作品言簡意賅，對話直率，對學英文很有幫助。

了解海明威的入門書當屬《老人與海》，此書有名詩人余光中的中譯，不可錯過，尤其書中的名言：「人不是爲被擊敗而生。一個人可以被毀滅，但不能被擊敗。」，不知鼓舞多少人！

既然海明威的短篇小說那麼有分量，在介紹長篇小說前，我們先來管窺他的三篇短篇小說內容。

《雪山盟》中的雪山是指終年積雪的非洲吉力馬札羅山（據報導，此山將在二〇二三年雪融殆盡）。描述主角哈利到非洲狩獵旅行，希望清除心中雜念，寫出夢想的作品，卻患了壞疽症。臨終前他回顧自己的一生，在一次夢中看到一隻傳說中的巨大雪豹出現在吉力馬札羅山頂上。

《佛蘭亞斯．馬康姆的短暫快樂一生》描述馬康姆夫婦跟嚮導威爾遜到非洲狩獵旅行，馬康姆在遇到一隻受傷的獅子時顯得很懦弱，雖被威爾遜救了一命，妻子卻因此輕視他。第二天，馬康姆表現得很神勇，試圖擊倒一隻水牛，認爲丈夫懦弱的妻子卻開槍殺死他。這種懦弱與勇氣的對比，是海明威作品常見的主題。

《殺人者》是海明威最著名的短篇小說，描述兩個殺手到餐廳等著殺安德遜報仇。服務生尼克得知後，趕緊通風報信，並勸他報警自救，但安德遜拒絕。小說的重點不在於殺手，而在於尼克和安德遜接受暴力，以及對尼克所造成的影響。

長篇小說《戰地春夢》敘述一次大戰期間，在義大利開救護車的美國中尉亨利和英國護士凱瑟琳的戀愛史。亨利先遺棄凱瑟琳，再與她復合，並逃到瑞士，凱瑟琳卻死於生產。這是描述一次大戰悲劇最知名的小說之一，顯然是海明威的自傳。

《戰地鐘聲》描述理想主義的大學教授喬丹到西班牙參加內戰，愛上西班牙女孩瑪利亞，享受了三天熱情的時光，雖完成任務，卻受重傷喪命。

最後值得一提的是，海明威的巴黎回憶錄《流動的饗宴》是「失落的一代」（一次大戰期間，以海明威爲首的文人聚集巴黎，自喻爲失落的一代）的代表作，不久前在台灣以圖文並茂的形式出現，頗吸引讀者目光。

聖修伯里與《小王子》

聖修伯里

（1900年6月29日—1944年7月31日）

法國飛行員、作家，最著名的作品爲《小王子》其受歡迎的程度及重要程度，讓法國在他逝世五十週年時，將他與小王子的形象印在五十法郎的鈔票上。聖修伯里在執行最後一次飛行任務時離奇失蹤，在近六十年後才在法國馬賽附近的海域找到飛機殘骸。除了名著《小王子》，聖修伯里還有《人類的大地》、《夜航》等著作。

據統計，《小王子》世界各種語文的譯本就有二五三種之多，僅就中文譯本而言也超過五十種，可見其風靡的程度。就中譯本的種類而言，《安妮的日記》、《一九八四年》、《湯姆歷險記》也不在少數，這些都是文字的瑰寶，值得一再品嘗。

《小王子》的作者聖修伯里（Saint-Exupéry, 1900-1944）是法國人，雖然在世的時間只有短短四十四年，但僅只《小王子》一書就使他像一顆耀眼的明星霎那間劃過長夜，讓人留下不可磨滅的印象。聖修伯里未滿四歲時，父親死於中風，母親獨自撫養五個孩子。一九二六年，他進入法國航空公司工作。在擔任非洲某機場的主任時，他寫了《南方郵件》一書。一九二九年，他遷往南美，同年秋天，他開闢了南美夜間航空飛行路線，利用這段時間的工作經驗寫成《夜間飛行》一書。

此後他輾轉於越南、莫斯科和西班牙，這段時間的生活體驗提供了他寫作《人類的大地》的素材。一九三五年，聖修伯里和他的機械師在飛行了十九小時多之後墜機於撒哈拉沙漠，兩人雖倖免於死亡，但瀕臨死亡的經驗除了見之於《人類的大地》之外，也在《小王子》之中有所著墨。

一九四四年七月三十一日，聖修伯里駕駛一架偵查型閃電式飛機，由西科西嘉島飛往法國南部偵查時失蹤，結束了短暫卻輝煌的一生，遺體並沒有被發現。

聖修伯里最膾炙人口的傑作《小王子》是一九四三年初在美國以英語和法語出版。出版之前的手稿，是他在法國淪陷、自己流亡美國時完成的。

《小王子》的情節主要是取材於作者一九三五年在撒哈拉

沙漠的墜機經驗。小說以第一人稱寫成。敘述故事的主角是一位飛行員。有一次，他的飛機機械出現故障，迫降在大沙漠。他在荒蕪的沙漠中睡了一覺，醒過來時，眼前站著一個小男孩，是一顆小行星上的小王子。小行星上只有他、三座火山和一朵會說話的高傲玫瑰。小王子離開這個星球，去到另一個星球，又換了幾個星球，他都不滿意，最後他來到地球一座長滿玫瑰的花園，但玫瑰使他想起原來那顆星球上的高傲玫瑰。最後，他終於遇見了一隻狐狸，要小王子馴養牠，牠說，「如果你馴養了我，我們便互相都需要對方，我將成爲你唯一的朋友，你也將成爲我唯一的朋友。」最後小王子明白，他在自己的星球上有一棵玫瑰樹，希望得到他人的「馴養」，也需要「馴養」他人。所以《小王子》是一部呼喚人類友誼的小說，「看似只是一部童話書，但其實對生活和人性作了相當意蘊深長而理想主義化的敘述」。這部小說自出版以來，已有錄音帶、舞台劇、電視劇和芭蕾舞劇等形式出現，當然是有其原因的。

聖修伯里的經典名言除了《小王子》中的「只有用心才能看見一切。」之外，還有《人類的大地》中的「愛並非相互的凝視，而是互相凝視著同一個地方。」，以及《沙的智慧》中的「你在付出時，搭建了一座橋，跨越你的孤獨之鴻溝。」等，不勝枚舉。

美國偉大小說家★梭爾．貝婁

梭爾．貝婁

（1915年6月10日—2005年4月5日）

美國作家，同時也是諾貝爾文學獎、普立茲獎的得主。梭爾貝婁出生在加拿大蒙特婁，之後舉家搬遷到芝加哥後，他的想像力開始變得豐富，思想也開始活躍起來。貝婁的第一部小說「擺盪的人」在歐洲引起了巨大的反響，之後出版的《亨伯特的禮物》更是將貝婁推向文學的巔峰，《亨伯特的禮物》也是梭爾貝婁的著名作品。

我在梭爾．貝婁得諾貝爾文學獎之前，寫過一篇介紹其作品《雨王亨德森》的文章，文中提到：「一度獲諾貝爾文學獎呼聲甚高的梭爾．貝婁，如若眞的獲獎，也只不過是錦上添花而已。」因爲無論得獎與否，他確實是美國作家中很有分量的一位，所以他在一九七六年獲得諾貝爾文學獎後，我們確實應該把「錦上添花」改成「實至名歸」。

貝婁作品兩種最明顯的特性是「活力」與「喜感」。多麼討喜的兩個字眼，有誰不喜歡「活力」與「喜感」？他筆下的人物，都像掌不住舵的人在大海中莽撞、掙扎，爲的是保存某種尊嚴、某種價値感。他說：「我們遭遇不幸卻沒有回報，蒙受痛苦卻無所得，而不可否認的，罪惡就像陽光那麼眞實。」然而，他最終還是認爲，「活著」這個事實就値得「受苦」的代價，因此他抱持一種不具傷感的樂觀主義，這種樂觀主義正

是他作品中的「喜感」來源，在他的《奧吉．馬奇的冒險》和《雨王亨德森》中都可以感受得到，甚至《抓住這一天》這部尖酸的喜劇中也透露些許的喜味。

梭爾．貝婁（Saul Bellow, 1915-2005）出生於加拿大魁北克的猶太人家庭中，九歲時隨家人遷移芝加哥，二次大戰後任教於紐約大學和普林斯頓大學。作品中的主角很多是猶太人，又通常以芝加哥為背景。貝婁生性謙虛，曾說：「即使我成為名人，我也不上電視。其實我只是個老派作家而已。」

貝婁的第一部小說是《擺盪的人》，描述一個人等待入伍，既排斥「在軍中沒沒無名」的想法，又為這種想法所吸引；第二部小說為《受害者》（台北市編譯館），以有力又慈悲的手法描述都市疏離化的生活。

在《奧吉・馬奇的冒險》中，貝婁受困的靈魂努力要突破，以發現在一個「一切都太過分」的世界裡，成爲人類的意義何在。在接下來的三部小說《雨王亨德森》、《何索》和《桑勒先生的星球》之中，貝婁相當程度發揮了自己的道德危機感。

《何索》的主角是位大學教師，他的形象可說是既悲慘又滑稽，妻子被好友占有，又向他提出離婚訴求。「他花了大約一星期的時間瘋狂坐飛機到處跑，努力尋求自我與穩定，並試圖了解自己的國家與時代。」很多讀者與批評家都認爲這是貝婁的最佳作品。

一九七五年出版的《亨伯特的禮物》也是貝婁的重要作品，故事靈感來自他的朋友——傑出詩人與批評家薛華茲（Delmore Schwartz）悲劇的一生。書中的主角查理・希春尼的朋友亨伯特鬱鬱寡歡的一生，據說就是以薛華茲的一生爲藍本。

貝婁的短篇小說集《出言不遜》受到世人廣大的喜愛。他在一篇短篇小說〈未來的父親〉中寫道：「想錢就是順著這個世界要你去想的方式去想事情，然後你就永遠不會成爲自己的主人。」貝婁批評那些受到社會上金錢導向負面影響的人，相當發人深省。

魔幻寫實大師★馬奎茲

馬奎茲

（1927年3月6日—2014年4月17日）

哥倫比亞著名小說家、記者、社會活動家，「魔幻寫實」是他的一大寫作特色。他曾經是一名駐歐記者，年輕的時候喜愛閱讀西班牙黃金時期的詩歌，這爲他後期的文學創作起到了相當大的作用。代表作《百年孤寂》一開始並不受到重視，出版後立即受到廣大好評，也將馬奎茲帶上了文學顛峰。

一提到馬奎茲（Gabriel García Márquez, 1927-2014）這位哥倫比亞共和國的著名小說家、一九八二年諾貝爾文學獎得主，第一個浮上心頭的字眼，就是「魔幻寫實」（magic realism）。

所謂「魔幻寫實」，是指二十世紀六〇年代在拉丁美洲小說創作中出現的一個派別。立足於拉丁美洲各國的現實生活，同時汲取古代印第安文學、神話和民間傳說中的奇幻、怪誕成分，爲小說中所描繪的拉丁美洲歷史、政治和社會塗上一層魔幻的色彩，有別於英、美小說主流傳統的世界觀。

「魔幻寫實」的代表作家除了馬奎茲之外，還有阿根廷的波赫士、墨西哥的福恩特斯，以及祕魯的巴爾加斯．略薩等。尤其是波赫士，他的作品曾在台灣風靡一時。

馬奎茲一生追求自我教育，年輕時就離開法學院，從事新聞工作，批評哥倫比亞當局及外國的政治不遺餘力，寫了很多著名的非小說和短篇小說，卻以《百年孤寂》（1967）、《愛在瘟疫蔓延時》（1985），以及《迷宮中的將軍》（1989）最著名。

《百年孤寂》是有關布恩迪亞家族的百年史詩，以這個家族在叢林中創建馬康多鎮（一個虛構的城鎮）爲開始，以天啓式的終局（已在一本吉普賽人的歷史書中預言）爲結束。除了描述失眠症和健忘症等苦難，持續五年之久的暴風雨，以及循環式的時間觀念之外，馬奎茲也在小說中鋪陳許多實際生活的事件，例如，與其他村莊接觸導致內戰、鐵路帶來外國佬，以致城鎮中公司林立，還有軍隊屠殺罷工的香蕉工人等。

馬奎茲用整整一章的篇幅來描述最後這個事件：一九二八

年，也就是他出生的那一年，哥倫比亞的香蕉工人爲了抗議「聯合水果公司」而發動罷工。書中描述布恩迪亞家族的一員在屠殺後殘存，成爲唯一的見證者，而這次屠殺也導致五年之久的暴風雨災難，使得馬康多鎮瀕臨滅亡的境地。

《百年孤寂》中的馬康多鎮是一個虛構的城鎮，但其實是以作者家鄉哥倫比亞的阿拉卡塔卡爲藍本。事實上，二〇〇六年，阿拉卡塔卡的市長曾建議將阿拉卡塔卡改名爲「阿拉卡塔卡．馬康多」，付諸公投，雖未獲通過，卻可以看出《百年孤寂》的影響力。

「魔幻寫實」是一種發揮想像力的特別技巧，意在處理所有人的反常經驗。除了持續五年的暴風雨之外，書中還出現幽靈、幻象、怪物、預知未來的夢、兩百歲人瑞等。

馬奎茲在接受諾貝爾文學獎的演講詞中，曾引用一位佛羅倫斯探險家有關「沒有腳的鳥、肚臍長在背部的豬」的描述，強調「眞實」的拉丁美洲一直是「怪誕」的來源。他也說，將神話和歷史結合在一起的敘述故事方式，「是基於我的祖母講故事的方式」。

馬奎茲的另一名著《迷宮中的將軍》中的主角，正是創建委內瑞拉的西蒙．玻利瓦爾（Simon Bolivar）。故事敘述其生命中的最後十四天，是部饒富歷史趣味的文學作品。此外，還有一部小說《獨裁者的秋天》，則是描述一位虛構的獨裁者把大海賣給美國，諷刺意味十足。

國家圖書館出版品預行編目資料

文學任意門──輕鬆遍覽世界文學／陳蒼多著.
－－初版. －－臺北市：五南，2015.12
面； 公分
ISBN 978-957-11-8304-6（平裝）

813　　104017113

悅讀中文　75

1AR0 文學任意門──
輕鬆遍覽世界文學

作　　者 ─ 陳蒼多　著
總 編 輯 ─ 王翠華
副 總 編 ─ 蘇美嬌
責任編輯 ─ 邱紫綾
封面設計 ─ 童安安
發 行 人 ─ 楊榮川
出 版 者 ─ 五南圖書出版股份有限公司
地　　址：106台北市大安區和平東路二段339號4樓
電　　話：(02)2705-5066　　傳　　真：(02)2706-6100
網　　址：http://www.wunan.com.tw
電子郵件：wunan@wunan.com.tw
劃撥帳號：01068953
戶　　名：五南圖書出版股份有限公司

法律顧問　林勝安律師事務所　林勝安律師

出版日期　2015年12月初版一刷
定　　價　新臺幣350元